AF484868

Sofía en Londres

¿Y tú
de dónde sales?

Sofía en Londres
¿Y tú de dónde sales?

Steffy Gea

Sofía en Londres. ¿Y tú de dónde sales?
©2018, Steffy Gea

ISBN: 978-84-09-05248-6

Instagram: @sofiaenlondres
Facebook: Steffy Gea

Diseño de cubierta, diseño interior y maquetación:
Nerea Pérez Expósito de www.imagina-designs.com

Ilustración moto y pajaritas: Designed by Freepik
Ilustraciones cafe: Designed by dooder / Freepik

Londres

Barcelona

Ámsterdam

Steffy Gea

Amante de la lectura y las series cuando su pequeño tesoro se lo permite.

Gran seguidora del motociclismo.

Desconecta del mundo cuando escribe, imaginar le hace soñar.

No ha terminado una cosa, que ya ha empezado otra.

Inquieta y creativa.

Su lugar favorito está en Calafell.

Para los que habéis tenido el gran placer de conocer a mi queridísima Sofía.

En ningún momento tuve claro qué final darle, pensé en cerrar el final para *SOFÍA EN LONDRES* por el resultado que pudiera tener, pero finalmente decidí dejarlo abierto porque no me sentía preparada para alejarme de Sofía, y aún menos pensar en no volver a publicar, y menos mal porque el resultado ha sido muy positivo. No tenía un objetivo marcado, ni siquiera imaginar que mi primera novela fuese a ir mejor de lo que esperaba.

Tras el apoyo de mis lectores, familia y gente cercana sobre una segunda parte, he decidido que sigáis conociendo a Sofía, que os sigáis enamorando de su dulzura, de su picardía, de su alegría y sobre todo de sus nuevas aventuras.

Millones de gracias una vez más por el cariño con el que acogisteis a *SOFÍA EN LONDRES* y todo el apoyo que he recibido yo personalmente.

Espero que esta segunda aventura sea igual o mejor que la primera. Yo por lo menos voy a intentar que os vuelva a enamorar.

Gracias por confiar en mí.

Contenido

No todas las segundas partes
son como esperas...
¿Has escuchado a tu corazón?

Prólogo

Hasta las narices, así estaba de mi corazón y de mi mente, cada uno por su lado. ¿No podrán los jodidos encontrarse en un punto medio y darme una tregua? Con lo tranquila y aburrida que estaba yo hace cuatros años atrás, sin complicaciones en el amor y en apenas nada en mi vida, porque deseaba tanto un tío en mi vida...

Vale, lo pillo no podemos vivir sin ellos, aunque sí somos perfectamente polivalentes sin ellos. ¿Pero yo que sé? Será el olor a baba por la mañana a perfume después de la ducha y a sudor al terminar el día, serán los regalos sorpresa (de eso nada, le hago una lista y si se la salta pueden haber consecuencias), será la americana siempre colgada en una silla y no en una percha, será el calzado por medio del pasillo de la entrada que te impide volver a salir o entrar sin poder evitar darle una patada y estamparlos a cualquier esquina, serán los suéteres en la colada uno dentro de otro de quitártelos a la vez y luego importante un pimiento donde estaba la camiseta gris que echaste a lavar junto con el suéter negro si has oído bien juntos muy juntos. Es un cúmulo de cosas nada agradables, pero que nos impide alejarnos de ellos. ¡Malditas masocas!

No puedo negar que han sido unos años maravillosos, unos años llenos de amor, de ternura, llenos de complicidad.

Unos años en los que he conseguido encauzar mi vida, llenarla de logros laborales y personales.

Unos años en los que decidí darle un giro de 360° a mi vida, tiempo de cambios que no han hecho más que empezar.

Cuando inicié esta aventura, o iniciamos esta aventura Matilda y yo, para nada podíamos imaginar que a día de hoy estaríamos como estamos. Para nada creíamos que lo que veníamos buscando lo íbamos a encontrar y que casi todo iba a ser positivo, que esto iba a sumar en nuestras vidas, no a restar.

Estoy viviendo lo que tanto ansiaba, he alcanzado mi objetivo personal y laboral, pero no he llegado a la meta. La voy alargando cien metros más cada vez que alcanzo mi objetivo (lo que viene siendo un culo inquieto), porque no quiero llegar nunca, quiero seguir viviendo mis sueños, alcanzando mis objetivos y ¿por qué no? Seguir conociendo el amor.

Para mi madre soy un saco lleno de nervios, para mí es motivación. No entiendo mi vida tranquila y acomodada, no puedo. Necesito salir y buscar nuevos retos, necesito seguir llenando mi cajita de nuevos recuerdos, de nuevas aventuras, de más vivencias. No soy de las que se sientan a esperar; ya salgo yo a buscarlas.

Las cosas han cambiado en estos años.

1.
La vida sigue

Mucho y a la vez poco que contar. No sé por dónde empezar.

No puedo negar que Mark es un trocito de pan, pero no de los duros, sino de los blanditos y blanquitos, casi crudos, de esos que le pides a la panadera que te abra el horno cuando todavía quedan varios minutos. Es guapísimo, muy romántico, capaz de emocionarte con cada palabra, con cada hecho, atento, de los que te miran a los ojos y creen saberlo todo, cariñoso hasta empalagar, generoso y trabajador como el que más... ¿Un chico diez?

Así podría tirarme horas resaltando las cualidades de Mark, pero creo que tanta perfección y tanta manía sin sentido no iban mucho conmigo. Ni tanto ni tan poco, o todo o nada, ni mucho ni poco. No existe una escala de grises y creo que en eso somos incompatibles. Yo tengo toda la gama de colores en mi retina y qué bonita es... Esto no significa que sea el motivo de nuestro distanciamiento o de mi distanciamiento, pero hoy en día todo suma y mi vida ha evolucionado mucho como para quedarme estancada. No parecía que remáramos en la misma dirección.

Esta vez el problema lo tengo yo, lo reconozco. No estoy por la labor, tengo demasiadas cosas en la cabeza y sigo en periodo de adaptación. La que ha cambiado su vida he sido yo. Ciudad, casa, amistades... El trabajo es el mismo, pero con compañeros nuevos, una rutina distinta y un país diferente.

Quizás nuestra relación empezó siendo muy efusiva, quizás las cosas fueron demasiado rápido o tal vez no. Era mi primera relación y es probable que me entregara mucho en poco tiempo sin ser consciente, sin tener experiencia. Sea como fuere la relación está parada, un paréntesis, un respiro, uno de esos tiempos que decimos para pensar, pero no es cierto, no podemos engañarnos.

En este tiempo de *kit—kat*, todo puede cambiar, todo puede volverse a tu favor o en tu contra, tus sentimientos pueden ir a más o pueden ir a menos, puede aparecer otra persona en tu vida o simplemente quieres hacer tu vida. No podemos ni debemos engañarnos, los sentimientos son como una montaña rusa gigante, no para de subir y bajar, ir en una dirección u otra y si te flipas mucho quizás dé unas cuantas vueltas de esas que por un momento la sangre está toda en la cabeza y en segundos vuelve a los pies. No siempre se puede controlar o mejor dicho los sentimientos en pocas ocasiones se pueden predecir. Quizás cuando quieres darte cuenta es tarde, o no, y acaba siendo la decisión correcta. Esto solo el tiempo lo dirá.

Y así es como estamos nosotros, en un distanciamiento sin fecha de retorno. Hay mucho en lo que pensar.

En mi tiempo libre me gusta salir, viajar, conocer mundo, me encanta el aire libre... Mark es todo lo contrario: es casero, muy casero y bastante perezoso, solo viaja por necesidad y es para ver a sus padres. De vez en cuando sale conmigo al parque a practicar un poquito de ejercicio, pero rara vez. Prefiere encerrarse en un gimnasio lleno de tíos que tienen el bíceps más grande que mi cabeza, que chillan en la segunda subida de pesa y que se pasean para ver quién la tiene más grande, la fuerza...

Actualmente nuestra relación es cordial. Os recuerdo que Peter, su padre, está con Cintia, mi madre, por lo que nos toca comportarnos como adultos, ya que lo nuestro no ha terminado digamos muy mal, de momento. Vale que él no está conforme, es cierto y totalmente normal, pero debemos ser realistas, necesito rehacerme.

Me he estancado con él, la rutina ha llegado demasiado pronto, tres años son pocos años para llegar a este punto y no quiero perderme lo que el mundo está dispuesto a mostrarme, no quiero encerrarme a pensar. Quiero salir y respirar.

«Quiero bailarle a la vida».

El tiempo será mi indicativo, los días con sus noches serán los que me hagan volver a encontrarme.

En breve es la ceremonia de boda de Peter y mamá. Os podéis imaginar qué situación nos toca vivir... Él acompañará a su padre al altar y yo a mamá, creo, por eso debemos comportarnos como adultos. Va a ser algo muy muy íntimo, pero sobre todo especial, así que no nos quedará más remedio que compartir e intentar disfrutar el momento. No vamos a poder evitarnos y perdernos entre los invitados, somos adultos y es un momento en el que tenemos que demostrarlo.

Mamá vuelve a estar maravillosa, como siempre. Después del sustillo que nos dio, todo quedó en exceso de estrés y agotamiento, más alguna vitamina que le faltaba. Desde entonces, Matilda trabaja por las mañanas en la floristería y mamá por las tardes. Está más tranquila, dispone de más tiempo para ella y para Peter. Por ello han decidido culminar su relación dándose el »sí, quiero«. Nos vamos otra vez de boda, pero en esta ocasión solo seremos los íntimos, algo sencillo, pero romántico como son ellos. Aún quedan algunas semanas.

Verla feliz me hace feliz, se lo merece. Estoy deseando verla brillar en su día. Peter es muy atento y bueno con ella, siempre pone el toque de humor. Tiene todo lo que ella necesita a su lado. Mamá ha seguido creando y ha conseguido llenar de luz y aromas algún que otro evento.

Pasamos mucho tiempo juntas, vivo a pocas calles de su casa. Peter trabaja por las tardes y hasta bien entrada la noche. Mamá también hace el turno de tardes, por lo que casi siempre estoy con ella ayudándola con los pedidos. Ahora que yo también dispongo de más tiempo libre para mí.

Matilda es un poco la que me va poniendo al día del estado de ánimo de Mark y de pequeños acontecimientos que tengan que ver con mi persona. Os recuerdo que George y Mark son íntimos amigos y compañeros de trabajo y que los dos somos madrina y padrino de Olivia. Sí, pobres, están en medio. Pero intentando no perjudicarles, ella es mi amiga, Mark de George. Es un tanto difícil la situación, pero se irá calmando según pasen las semanas. Tampoco quiero saber qué hace o deja de hacer con su vida, solo lo que concierne a mi persona.

Matilda está estupenda, como siempre, recuperó su tipazo en tiempo récord, claro que supo contenerse durante el embarazo. Cambió de color de pelo unas cuantas veces más. Las ojeras van y vienen, pero es normal. Ser madre no parece fácil y si a eso le sumamos que la pequeña princesita Olivia es una terremoto, pues ayuda menos.

Trabajar en la floristería por las mañanas le ha venido genial, puede dejar a Olivia en la guardería y recogerla al mediodía, así ya pasan el resto del día juntas y no tienen que estar pidiendo continuamente favores a la madre de George, que, a pesar de estar jubilada, no parece mostrar demasiada complicidad con Olivia. Más bien demuestra cada vez que se la dejan que se la queda como favor y esto a George y Matilda no les gusta. Por eso habían acordado que Matilda trabajara solo media jornada y así poder estar con Olivia y ahorrarse tener que dejársela a nadie, así que cuando mamá le ofreció llevar la tienda por las mañanas para poder recuperarse y disponer de más tiempo para ella fue la mejor de las noticias.

Mamá es diferente y, sabiendo su situación, es ella la que llama a Matilda para recordarle que se la queda encantada, que le llena la casa de vida y así ella y George pueden aprovechar para descansar o para hacer sus cositas.

Acaba de cumplir tres años y no hay quien la pare. Es perfecta. ¡Qué voy a decir yo que soy su madrina! Es la alegría de todos, le encanta venir a buscarme al trabajo con Mati para poder ver a los animalitos que cuido. Es muy lista y cariñosa y lo que más me gusta es recibir sus notas de audio cuando lleva varios días sin verme. Es maravillosa ella y es maravilloso ver la familia que son.

Matilda y George siguen igual de enamorados que el primer día y tengo que reconocer que George es todo un padrazo y un marido diez.

Soy feliz de ver a mi mejor amiga cumplir sus sueños.

«Ha encontrado su sitio».

Estamos siguiendo el camino que hemos escogido. Aunque es posible que a partir de ahora busque nuevos caminos.

Vuelvo a necesitar un cambio en mi vida, pero ¿de qué tipo? Es lo que tengo que averiguar.

2.
La boda

Se acerca el gran día, siete de mayo es la fecha escogida por mamá y Peter para darse el «sí quiero». Creo que es la fecha en la que se conocieron hace ya un porrón de años.

Es jueves de esa misma semana y ya estamos concluyendo los últimos detalles.

Las flores del restaurante y el ramo de novia de mamá es lo único que queda. Ha querido que fuera una sorpresa, que Matilda, Olivia y yo lo hiciéramos a nuestro gusto, así que cada una escoge dos flores distintas y las rodearemos de calas blancas. Matilda se decanta por la orquídea y las rosas color rosa, Olivia, escoge el tulipán fucsia y la peonía rosa y yo, como ya es habitual, mis elegidas son: la gerbera rosa, para que los colores no desentonen demasiado, y la rosa blanca, tan especial para mí. Le va a encantar.

Mamá cree que una vez más Pablo no podrá asistir al enlace, pero esta vez no es así, somos cómplices de ello.

—¡Qué pesada eres con el tema de Pablo, mamá! Ya sabes cómo es. Hasta el último momento nos tendrá con la incertidumbre, pero por su bien acabará viniendo.

—Ya lo sé, hija, pero entre los nervios que tengo y tu hermano que no se pronuncia, estoy que me subo por las paredes.

—Ya te veo, ya. Tranquila, que ya verás cómo se presenta en el último momento, como de costumbre.

Y nada más lejos de la verdad.

Pablo llega el viernes por la noche y se quedará en mi casa. Por la mañana nos arreglaremos e iremos a casa de mamá a ayudarla. Será entonces cuando Pablo haga su entrada triunfal y le haga entrega del ramo de novia. Creo que será el primero de los momentos emocionantes del día. Acto seguido nos dirigiremos a una pequeña masía a poco más de veinte minutos del centro de Londres. Allí estarán Peter con Mark, Matilda, George y Olivia, Paul el otro trabajador de Peter junto a su mujer y sus dos hijos, unos cuantos amigos tanto de Peter como de mamá y Oliver.

Oliver... Oliver... Oliver...

¡Quién te ha visto y quién te ve!

Cuando llegué a Londres, ese famoso verano de hace ya algo más de tres años, era mi objetivo. Es el típico buenorro al que todas las chicas se le acercan, y me acerqué y te probé. ¡Vaya que si lo hice! Unas cuantas veces y lo pasé muy bien. Pero claro, el sexo no lo era todo. Para tener una relación estable con él, faltan conocer algunos detalles que él no te cuenta, lógicamente no le interesa, y es que no es chico de compromisos... Hoy en día ninguna chica lo toma en serio. Es un picaflor, un mujeriego, un casanova... cada una que lo llame como quiera. Pero no volveremos atrás para entrar en detalles. Lo pasado se queda atrás o pasado es o algo así.

Es un *pivonazo*, sí, pero para un ratito, y si ese día justamente puede cerrar los brazos, si no ni para eso. Su vida es trabajo, *gym*, fiestas y chicas, muchas chicas. Y lo siento, pero me alegro de no haberme enamorado de él, porque lo hubiera paso mal, muy mal, fatal. La pena es que este tipo de tíos son los que más atraen. ¿Por qué seremos tan masocas? (Es mi humilde opinión).

En fin...

Pablo y yo estamos de camino a casa de mamá, estoy de los nervios. Está un poco mosca porque quería que anoche me quedara con ella, pero si lo hacía la sorpresa se iba al garete. Creo que Pablo está más nervioso que yo, tiene la cara desencaja y está pálido.

Entro yo primera, tenemos un plan y tiene que ser un momento que no olvide jamás. Lo tiene todo preparado, solo falta que la ayude a ponerse el vestido y así hago, con la emoción a flor de piel. A mamá le brillan los ojos y yo tengo que contenerme porque en unos minutos sí que lloraré y a moco tendido.

—Estas preciosa, mamá. Tengo una sorpresa para ti.

La coloco en medio del salón, pongo una de sus canciones favoritas, de Whitney Houston, y abro la puerta de entrada. El resto habla por sí solo.

Mamá no pudo contener las lágrimas al ver entrar por la puerta a Pablo con traje negro, elegante y guapo, con el ramo de novia en sus manos. Las lágrimas caían por el rostro de mi hermano, se fundieron en uno de los abrazos más entrañables que había visto jamás.

—Mamá, por nada del mundo iba a perderme ver a esta princesa caminar hacia el altar. Soy el hijo más feliz del mundo y, si me dejas, me gustaría llevarte de mi brazo hasta el hombre al que amas.

Ahora sí que nos ha matado. ¿De dónde había sacado mi hermano esas palabras? Seguro que de la reina de las frases de Instagram o alguna página de esas, porque mi hermano romántico y cariñoso poco o nada. Pero míralo, él ya nos tenía emocionadas, un clínex, por favor.

—Quién mejor que tú, hijo —contestó mamá entre lágrimas—. ¡Qué guapo estás! —puntualizó.

—Colocaos, que voy a hacer alguna foto de los tres juntos antes de coger camino —dije—.

Y así inmortalicé un momento único.

El enlace tiene lugar en la misma masía oficiada por un juez de paz. Mark y yo como testigos de boda. Peter del brazo de Mark van como dos pinceles de negro y con pajarita. Peter la espera emocionado y con una sonrisa resplandeciente. Mamá con un vestido largo, blanco roto, tipo años veinte, sin cola y del brazo de Pablo, con traje negro y pajarita, igual que el novio y el padrino. Están radiantes. Mamá feliz y emocionada. Olivia es la encargada de los anillos y la guinda del pastel, la pequeña princesita caminando con su cestita por una alfombra roja. ¡Qué bonita está!

La ceremonia es corta y termina con el ansiado beso y con la lluvia clásica de pétalos rojos y blancos, aplausos, abrazos y besos. Rápida, romántica y con mucho sentimiento, apenas veinte minutos de ceremonia.

En total seremos unas treinta personas, una velada muy cercana e íntima, como querían los novios. La decoración la hemos montado mamá y yo. Ella se dedica a esto y a mí me encanta aprender y coger ideas para luego plasmarlas en mí día a día. Por ahora es solo un *hobby* que tengo.

La mesa se ha colocado en forma de U para que todos podamos estar juntos y poder participar y no perder detalle de este maravilloso día. A la izquierda de los novios estamos los familiares y a la derecha los amigos.

Acto seguido se da paso a los invitados al salón donde se celebrará el convite, un salón bonito, elegante y con historia. Unas pocas flores decoran las mesas junto con unas mini pizarras donde está escrito el nombre de cada uno de nosotros, las sillas de madera antigua sin la clásica funda blanca, un arco de madera antigua cruza un pequeño *photocall* improvisado con una frase que pone: «UN LUGAR

PARA SOÑAR», donde poder realizar fotos e inmortalizar los mejores momentos, vamos, lo que viene siendo postureo para Instagram.

Lo más peculiar y que más ha llamado la atención es el curioso retrete del baño de la novia situado en medio del baño. Imagino que será para las típicas novias con un vestidazo que lo cubre todo y poder orinar tranquilas. No le veo otro sentido.

Entran los recién casados, parecen una pareja de veinteañeros, suena la música, una marcha nupcial un tanto acelerada, las servilletas invaden el ambiente, los camareros empiezan a dar vueltas con las bandejas llenas de diminutos y sabrosos aperitivos, las copas empiezan a llenarse. Es un momento mágico, llevo desde ayer sin comer apenas para poder ponerme ciega y poderme meter en el asfixiante y espectacular vestido que llevo (azul marino oscuro, de encaje, con la espalda descubierta, los complementos en color·crema y el pelo trenzado) es lo que tienen las bodas, ¿no? Comer, beber, comer, beber, comer, beber después bailar, repetir unas cuantas veces: ¡Viva los novios! Hasta que te salga un gallo y le toca a otro seguir la fiesta y mil fotos.

Solo espero que después de tanto comer no se me caiga nada al suelo porque resultaría una misión casi imposible agacharme a recogerlo, aunque siempre hay un plan B para estas situaciones, veremos cómo acaba el día y si es necesario contarlo. Pero como es habitual en estas celebraciones, el que más o menos ha bebido, apenas dos o tres han conseguido sacar fuerzas suficientes para seguir subidas a los tacones y que en sus caras no se note la cantidad de rozaduras que suman en un solo día, pero en esta ocasión, y dada la sencillez del acontecimiento aún no estamos en ese punto.

3.
Él

A ti no te esperaba, contigo no contaba, pero aquí estás, a mi lado, observando lo mismo que yo, compartiendo mi misma pasión. Tus nervios son los míos, tu mirada habla por sí sola, tus manos tiemblan y tus ojos están repletos de lágrimas negándose a salir.

Por algún motivo me gustaría sujetarlas, calmarlas, acariciarlas, tranquilizarte, decirte que todo va a salir bien, pero no puedo, no estoy segura de ello y tampoco sé nada de ti. Solo sé que estás aquí a mi lado y yo, por alguna razón, no puedo dejar de mirarte, prometo intentar calmar ese temblor, prometo intentar hacer todo lo que esté en mi mano por él y por alguna razón por ti también, prometo no dejarme llevar sin antes pensar.

Te espero aquí mañana, a la misma hora y en el mismo lugar. Espero tu mirada y poder darte mejores noticias, pero sobre todo espero esperarte.

Me pongo la chaqueta y corro a casa de Matilda, necesito hablar con ella, he de contarle lo que acabo de vivir. Cuando llego me falta el aliento y el sentido, tengo que volver a hacer algo de deporte, está claro, me voy a ahogar.

Pero al tema es que no puedo permitirme ahora esto, no contaba con sentir algo parecido. Ahora estaba tranquila, necesitaba tiempo para mí, pero estás aquí y mañana volveré a verte y por un tiempo nuestras tardes van a estar ligadas.

Ding dong (el típico timbre aquí en Barcelona y en la luna) ¿Luna? En fin no estoy en mis cabales ahora mismo, no se me podía ocurrir otro sitio, no.

Matilda abre la puerta. Entro escopetada. Me quito la chaqueta. Olivia está con George en el parque. Estupendo, no quiero que me vea andando de un lado a otro sin sentido.

—Sofía, ¿ha pasado algo? —pregunta Matilda—. Estás a cien.

—¿A cien o a mil? —respondo.

—Siéntate y suéltalo porque vas a hacer que me dé algo.

—Vale, perdona tienes razón, ha aparecido —le suelto así en frío.

—¿Quién ha aparecido, Sofi? ¿Estás cuerda? Empiezas a preocuparme. ¿Has bebido?

—ÉL.

—Pero ¿quién es ÉL? Habla claro, Sofía, me estás poniendo nerviosa.

El tono de Matilda cambia, tiene razón, no sé qué digo, pero es que tampoco se más de ÉL. Y todavía no he recuperado el aliento.

—No sé quién es, Mati, no sé su nombre, pero es ÉL. Alto, guapo, sensible...

—Muy bien Sofía, me estás cabreando ya, parece que te estás quedando conmigo. ¿Qué pasa con el sin nombre? —pregunta Matilda irónica.

—Mi alma gemela —contestó embobada.

—Vamos, Sofí, no me jodas... Tu alma gemela y no sabes quién es. Ya está, has bebido.

—¡Que no, coño! Que no he bebido. He conocido a alguien y he podido sentir que es ÉL mi otra mitad.

—Y dale perico al canto —contesta Mati algo mosqueada—. Has conocido a un tío. Hasta ahí bien, pero que es tu mitad, tu alma gemela, ¿te estás escuchando, pava?

—Mati, sé que suena raro, piensa que se me ha ido la olla o algo por el estilo, pero algo he sentido, algo nuevo, algo diferente.

—Sofi, con cariño, pero que mal te veo... —dice Mati entre risas—. Anda, quédate a cenar, Olivia está deseando verte.

—Vale, me quedo, yo también quiero verla.

—Y si mañana sigues igual de pava quizás haga un esfuerzo superior por escucharte. Hoy has llenado el cupo de tonterías —sentencia Mati.

Olivia es pura energía, la alegría en estado puro, con ella el mundo se vuelve en paz. Tardamos poco en descalzarnos y meternos en su casita, una tienda de campaña con forma de casita.

Tan pequeños y tan independientes...

No soporta que tengas los pies fuera, algo curioso, es una mandona, pero me lo paso pipa. Me desconecta del mundo real, me hace sentir princesa de cuento con sus atuendos y sus historias, pero esta vez no he conseguido desconectar del todo de ÉL

—¿Quién es? ¿De dónde es? ¿Cómo se llama?

—Tata Sofiiiiii, vuelve, que te has ido a las nubes.

—No puedo evitar reírme—.

—Si, cariño, la tata se ha subido a las nubes. Ya bajo.

—La cena está en la mesa, chicas —se escucha a Matilda desde el salón.

—Ya vamos, mamíiiii, que la tata ya ha venido de las nubes.

—¿Qué qué? —pregunta Mati.

—Nada, cosas de princesas —respondo.

¡Qué bicho esta pequeña y qué lista es! A las nubes me subiría de verdad y quizás hasta me dejaría caer, pero no es el momento de bajar. Quiero seguir subiendo.

Es el momento de ponerme en «modo detective», quiero saber más de ÉL. En realidad, lo quiero saber todo de este hombre misterioso.

Llego a casa y en mi estómago tengo una puñetera mariposa dando vueltas sin parar. Es peor que la sensación de cuatro chupitos seguidos de Jagger.

¡Qué tonta me siento! Nunca hubiera imaginado sentir esas mariposas a esta edad. A ver, que soy joven, pero nunca crees que te pueda pasar a ti. Siempre se lo escucho decir a las demás y pienso que eso no me pasará a mí, a estas alturas siempre pensé que estaría casada y con hijos, y aquí estoy, soltera y fantaseando con quien quiera que sea ese buenorro interesante.

Me voy ya a la cama, a ver si el tiempo pasa rápido y llega ya mañana para poder empezar mi investigación. Si lo que pretendía es que esto fuera tan sencillo, confío demasiado en mí misma. Lógicamente no puedo dormir. He girado varias veces sobre mí misma y hoy, por algún motivo, no aparece la postura cómoda. Hoy mi cabecita loca no está por la labor. Ya podría colaborar conmigo y ayudarme a dormir y no que estás a favor de él, porque no paras de pensar, y si además, le sumamos que la mariposa cojonera tampoco para, me temo que esta noche va a ser muy, pero que muy larga. Contaremos ovejitas o el rebaño entero. ¿Cuántas ovejas pueden llegar a juntarse? Mañana os lo digo.

Se enciende la luz del móvil.

¿A estas horas?

Es Mark. Esta noche no, ahora no, no me conviene seguir empeorando a mi mariposa. Mañana será otro día.

* * *

Suena el despertador, las 7:05 a. m., no puede ser. ¿En serio? ¿Ya? Tengo la sensación de que no he llegado a dormirme. ¡Qué pereza tengo! Lo paro cinco minutos más y cinco más... ¡MIERDA! Son las 7:30 a. m., siempre igual con los cinco minutos más.

Odio los miércoles. No se debería de trabajar ese día, está en medio de la semana laboral, bueno, de mi semana laboral. Siempre que me levanto de mal humor es miércoles, qué casualidad...

Me toca correr, entro al baño, me miro al espejo y lo que sospechaba: hoy tres dedos de maquillaje para ocultar mi mala noche. Estoy escuchando la ya famosa vocecita de pito de mi queridísima prima: «No te pintes la raya de abajo del ojo». ¡Cállate, conciencia, que me queda bien o a mí me gusta! No, me queda bien, estoy segura.

«Cierro la puerta de un portazo. Me toca correr».

Llego a la clínica y ÉL ya está esperando, sentado en las sillas verdes de la entrada, imagino que yo llegué para poder entrar a ver a Pat. Su aspecto hoy es desmejorado respecto al de ayer, pero sin faltarle estilo. Se nota que él tampoco ha descansado mucho. Me encantaría tranquilizarlo, pero no puedo, todavía no. Solo puedo seguir soñando despierta y esperar.

Nuestras miradas se cruzan, no sé si me recuerda, no recuerdo ayer siquiera levantara la mirada para ver a quién tenía al lado.

Me acerco a ÉL.

—Disculpe. Soy Sofía la responsable de la evolución de su mascota. Voy a cambiarme y enseguida le dejo pasar y le cuento como está y el tratamiento que vamos a seguir.

—Vale, aquí la espero, señorita.

«Qué educado», me digo a mí misma en voz baja mientras avanzo hacia los vestuarios. Me cambio en tiempo récord.

—Por favor, si me acompaña le llevaré con Pat.

—Por supuesto, gracias.

Es la primera jaula que compruebo. Mi currito del turno de noche no me ha dejado ningún parte del que preocuparse, por lo que no ha habido cambios negativos. Está mejorando favorablemente, muy despacio, pero está mejorando.

—Necesitamos que siga comiendo. Eso es muy positivo para su evolución, por no decir lo más importante, pero para dejarlo tranquilo le puedo decir que está evolucionando muy bien. Las heridas son limpias, por lo que con suerte curarán sin secuelas.

—¿Puede calcular cuánto tiempo tendrá que seguir ingresado?

—No sabría decirle. Vamos a esperar a ver cómo sigue en el día de hoy y hablaré con mi jefa para ver qué podemos hacer. ¿Es usted de por aquí cerca?

—No, vivo en Ámsterdam. Me encontraba en Londres por negocios cuando han atropellado a Pat, pero no puedo estar aquí por mucho tiempo. Es una historia muy larga.

—¿De Ámsterdam? Mi gozo en un pozo.

—Vaya, pues si me dan el visto bueno podría enviar su ficha y que continuará su evolución en nuestra clínica de Ámsterdam, pero esto deben valorarlo los dos centros y en este momento Pat está demasiado débil para viajar.

—¿De verdad, es eso posible? No sabía que tenían otra clínica en mi ciudad.

—Si, desde hace unos meses nada más, pero está funcionando muy bien. Si vemos que Pat muestra mejoría, intentaré que pueda llevárselo.

—Muchísimas gracias, se lo agradecería mucho. Me resultaría más cómodo estar en casa que no en un hotel.

—De nada. No se preocupe, intentaré hacer lo que esté en mi mano, pero no le prometo nada, dependerá solo de su evolución. Voy a seguir con los demás animales, cualquier cosa que necesite estaré por aquí.

—Muchas gracias otra vez. Es muy amable.

«Muy amable», me dice. Pues claro, ¿qué otra cosa me queda? Me siento ridícula, mis planes de intentar conocerle se acaban de desvanecer. Claro que, tonta de mí por haberlos hecho sin ni siquiera saber si está casado, si tiene novia, hijos o simplemente, si es *gay*. Lo mismo tiene una supermujer con un cuerpazo de infarto después de haber dado a luz a cuatro hijos adorables, educados y todos con la raya al lado y un casoplón en el campo con piscina, terreno, caballos...

¡Qué cortada me he quedado y qué tonta me siento! Mati se va a reír de mí y con razón. Vaya peliculón me había montado yo sola y en pocas horas.

4.
Maldiciendo a Samanta

Me desarma cuando lo veo venir. Me tiemblan las piernas y el pulso se me acelera, me pone tan nerviosa que hasta dudo en lo que tengo que hacer, intento hablar poco para no soltar una chorrada de la que no haya vuelta atrás.

Creo que se me nota en la cara (no lo creo, estoy segura), siento mi mirada de helado derretido buscando la suya de preocupación. Está hablando con Samanta y yo solo imagino mi boca junto a la suya mis labios rozando los suyos y mi lengua saboreando la suya. Creando nuestra propia galaxia.

¿Cómo puede ser tan irresistible? Su madre tiene que estar orgullosísima del hijo que tiene. ¿Hasta dónde puede volar la imaginación? La mía creo que no tiene fin.

Tiene la mirada herida.

La mirada es el reflejo del alma. ÉL no está bien, lo sé, y estoy dispuesta a indagar más. Quiero saber que hay bajo esas americanas tan perfectamente planchadas con las que viene cada día, es elegante, pero no discreto, sus colores... los pantalones de traje, ajustados, poco habitual, te permiten imaginar uno a uno todos los músculos de sus piernas. Disfruto cuando se da la vuelta, tiene un culo perfecto, redondo, respingón Aparentemente está en su sitio, por lo que tiene que estar durito.

Su pelo, castaño oscuro, algo canoso, pero muy cuidado, la largura perfecta para poderle sujetar el pelo si fuera necesario. Sus ojos, azules, una mirada profunda. Sus labios, perfectamente uniformes, parecen que el labio de arriba se ha puesto de acuerdo con el de abajo, en tamaño y morbo. Si le muerdo flojito no le dejaría marca y puede incluso que le gustara. Sus manos, perfectas, limpias y grandes, lo suficiente para sujetar mi cabeza mientras me besa, y si se le enredan los dedos en mi pelazo y me da algún tirón, fingiré no haberlo notado.

Quiero seguir imaginando sus manos acariciando mi cuerpo, su boca saboreando la mía, dejando escapar algún que otro mordisquito que tanto me gustan, y por qué no, desabrochando uno a uno todos los botones de mi camisa, acariciarme el pecho, sujetarme de los muslos y levantarme como si se tratara de una pluma.

Quiero desnudarte y acariciar una a una todas las piezas que componen esa tableta que, aunque no he visto, seguro tiene, recorrer tu espalda con mis dedos y dejar que sus brazos cubran todo mi cuerpo. Suena placentero y lo es, sentirme protegida, capaz de todo contigo.

«No me sueltes. Vivamos juntos este momento».

—¿Sofía?

—¡Mierda, qué susto! —digo sin pensar.

Una voz brusca y ronca rompe este momento. Suena detrás de mí, ni habiendo ganado un óscar a la mejor actriz de interpretación podría girarme y no mirarla con mi peor cara por haber interrumpido mi imaginación.

—Samanta.

—¿Puedes venir? Tengo que presentarte a alguien —dice Samanta desde su despacho.

—Sí, claro, enseguida voy.

Recorro el pasillo hasta su despacho refunfuñando en todos los idiomas que conozco y los que me invento. ¡Joder, qué oportuna la jefa!

—Este es Rodrigo.

Con los ojos más grandes y brillantes de lo habitual alargo mi mano para saludarlo.

—Encantada, Rodrigo. Soy Sofía.

—Igualmente. Lamento no haberme presentado correctamente el otro día cuando hablamos; fueron los nervios.

—Tranquilo, he sabido quién eras en todo momento; no te preocupes.

«Más todo lo que he imaginado de ti...».

—Sofía, como bien sabes, Rodrigo lleva dos días prácticamente intentando no separarse de Pat, estaban aquí pasando unos días por negocios, cuando un motero poco respetuoso ha atropellado desgraciadamente a Pat, dándose a la fuga. Quiero que lo mantengas informado en todo momento de su evolución y que, por favor, lo ayudes en lo que necesite, ya que su estancia en Londres se va a alargar hasta que Pat esté preparado para viajar a nuestra clínica de Ámsterdam y continuar desde ahí con su evolución.

¿Ámsterdam? Si vuelvo a escuchar el nombre de Ámsterdam «me precipito de la vida» (como dice la vecina rubia). Mi gozo sigue en un pozo, Rodrigo se marchará en breve y toda mi fantasía con él. ¿Cómo puedo seguir siendo tan tonta de crearme nuevas historietas sin conocerle y sabiendo que se irá en breve? Pues porque está buenísimo, ¡qué coño!, me respondo a mí misma, para que engañarnos, tampoco hago daño a nadie, solo a mí misma que me va a explotar la cabeza de un momento a otro.

Nos dirigimos a la sala donde se encuentra Pat. Trato de explicarle con mucha delicadeza su estado.

—Pat todavía no está fuera de peligro, ha sufrido un golpe fuerte y tenemos que ver cómo sigue su evolución. Por ahora no se ha movido mucho del nido, debe estar dolorido y asustado. Pero si puedo decirte que, aunque muy poquito, pero come con regularidad y por sí solo y esto como ya te comenté días atrás es lo más importante. En las heces no hay rastro de sangre, por lo que es buena señal. En un par de días intentaremos que empiece a moverse por sí solo, lo llevaremos a la sala de rehabilitación e intentaremos ver cómo va su movilidad, y si sus heridas van cicatrizando como esperamos.

—Muchas gracias por todo, Sofía. He observado la labor y la delicadeza con la que los tratas y es de admirar. Y sobre todo gracias por dejarme estar a su lado. Sé que no debería entrar aquí, pero no puedo quedarme en la habitación de un hotel solo a esperar.

—Tranquilo, parece que ha Samanta se le ha removido algo y ha considerado adecuado que acompañes a Pat. Solo te pido que no toques nada.

—Tranquila, tendré cuidado.

Creo que no soy la única a la que este chico ya no tan misterioso ha dejado con la boca abierta, porque Samanta babea que da gusto. Si se descuida se resbala sobre su propia baba y entonces si sería digno de ver con esos taconazos que siempre lleva y apoyada en todos los marcos de las puertas que se va encontrando por la clínica. Un espectáculo digno de ver.

Pero si ya creía haberlo visto todo por hoy, de repente retrocede y...

—Disculpa Rodrigo —comenta Samanta—¿Quieres que cenemos juntos y luego te llevo a tu hotel para que no tengas que coger dos autobuses?

—Te lo agradecería. Están siendo días duros y me vendrá bien un poco de compañía.

«¡Será CERDA la tía!», digo gritando para mis adentros.

Una vez sola mí voz salió sin más, no podía parar de despotricar sobre lo que acababa de pasar, mi mente empezó a dar vueltas sobre lo que pasaría en esa cena, la de anécdotas y confidencias que compartirían. Que si cojo yo de tu plato y tú del mío, que si un brindis por nosotros y otro por Pat, que si el postre es afrodisiaco. Me hierve la sangre de pensarlo, pero si todo quedara en eso, pues no. Después de camino al hotel y sobre todo conociendo a Samanta, en la puerta no se quedará. Le propondrá una copa y una cosa llevará a la otra y seguro que acaban juntos en la habitación 611 dándolo todo en la cama redonda con espejo en el techo. Vale esto de la cama redonda con espejo en el techo me lo acabo de inventar y el número de la habitación también, pero quedaba mejor en la historia que me estaba creando.

Samanta iba a disfrutar de una velada con ÉL y quizás de algo más. Esto no me iba a dejar dormir, mi rabia esta noche dormiría a mi lado y creo que mañana por la mañana seguirá muy cerca. Se me ha adelantado y esto no me ha sentado nada bien. Si va a estar poco tiempo en Londres y tiene que probar esa cama que sea conmigo, no con ella.

¡MALDITA ZORRA!

5.
Yo también necesito liberarme

De repente, me vibra el teléfono en el bolsillo izquierdo de la bata, una manía bastante práctica, ya que siempre llevo el teléfono en el bolsillo izquierdo y las llaves de las jaulas en el derecho. «Es Mark», pronunció con tono bajo y desanimado, pero de repente algo en mí se enciende y mi tono cambia. ¡ES MARK! He debido decirlo demasiado alto, ya que Pancho, el gato mascota de la clínica, se ha asustado y de un salto se ha metido debajo de la mesa. Me acerco a él, lo cojo y me siento en la silla a leer el mensaje:

—*Sofía, te invito a cenar esta noche si te apetece, Ya sé que es muy justo, pero mientras me decidía si decirte esto o no, se me ha echado el tiempo encima.*

No me parece mala idea, después de la traición de Samanta y que las cosas con Mark están más tranquilas. Nos vendrá bien ponernos al día, al fin y al cabo mi estómago aún se retuerce cuando lo veo.

—Me parece bien, Mark. ¿Me recoges en la clínica en diez minutos? (Es el tiempo que tardo en cambiarme y retocarme la raya del ojo).

—Estupendo, estoy en cinco —contesta Mark.

Pancho, no hay tiempo que perder. Tú, a dormir y yo, a cambiarme e intentar meter mi ira en un cajón durante un rato, no me mires así, ya sé que no me entiendes, ¿o sí? Da igual. *Bona nit.*

Casualidad o no, llevo los vaqueros favoritos de Mark, una camiseta básica negra con un escote insinuante y una americana verde militar. Es jueves por la noche y, a pesar de que en esta ciudad los horarios son más reducidos, los jueves por la noche suele haber bastante ambiente.

Mark está enfrente de la clínica aparcado en doble fila y con los cuatro intermitentes encendidos. Me espera apoyado en el capó del coche, lleva algo en la mano que me queda con menor visibilidad. A Rose y a mí hoy nos toca cerrar la clínica, bueno, casi siempre somos nosotras...

—Hasta mañana, Rose.

—Hasta mañana Sofía. Pásalo bien.

Rose es una mujer maravillosa, madre soltera, prudente y muy tranquila, tiene alrededor de cincuenta años y cuando tengo días ñoños sus abrazos son mi refuerzo en la clínica. También tengo que reconocer que cada tarde me trae la mejor de las meriendas: chocolate metido donde sea, en cruasanes, cañas, galletas...

Tiene una hija de unos veinte años que continúa en la edad del pavo, yo creo que más bien es una niña caprichosa y un tanto repelente que no valora lo que hace su madre por ella y que aún no entiende que el dinero no cae del cielo, si no más de una estaríamos sentadas en el césped de la calle Long esperando que se nos llenaran los bolsillos para poder ir a gastárnoslo como locas en las mejores tiendas de Londres.

La pobre Rose no sabe ya qué hacer con ella, está hasta las narices de hablarle al aire, por ello en días de bajón nos consolamos mutuamente, lo que viene siendo un COFFE S. O. S., o lo que es lo mismo, decir un café urgente de desahogo. Necesarios por lo menos dos veces al mes con amigas, tres o cuatro, según la urgencia de lo acontecido que en este caso creo que es mejor pasar directamente al Lambrusco o los gin-tonic, aunque sin olvidarnos del ron con cola y un chorrito de lima para esas noches tan nuestras.

Mark está guapísimo, como siempre. Lleva unos vaqueros desgastados anchos de arriba y acabados en pitillo que le hacen un culazo que estaría toda la noche manoseándose, unas bambas Múnich blancas impecables y una camisa azul con unos detalles muy pequeños que no consigo identificar hasta que llego a él. Son un montón de X diminutas que cubren toda la camisa, no se la había visto, me gusta.

Pero me quedo con sus ojos, su mirada se me clava en lo más profundo de mi alma, como si de agujas se trataran.

Lo abrazo, lo abrazo muy fuerte, siento que tenía ganas de verle y él responde igual, sus manos rodean mi espalda de lado a lado, besa mi hombro y mis ojos se cierran, dejándome llevar por el momento. Que fácil parece todo así...

—Me gustan esos pantalones, Sofí.

—Lo sé y que conste que ha sido casualidad. Es la única ropa que me he traído. Estás tan guapo como siempre —le digo mientras le acaricio la cara.

—Gracias —contesta tímidamente.

Nos montamos en el coche, no me dice dónde vamos y yo tampoco pregunto. Hablamos del tiempo, del trabajo y de la bicha de Olivia que cada día está más grande y guapa.

Llegamos al Flat Iron, en el Soho hay varios locales como este en la ciudad. Hacen unos filetes buenísimos. Al principio de nuestra relación veníamos a menudo, a Mark le gusta mucho y eventualmente hacen unas hamburguesas espectaculares —que no se entere Peter—. Es un local bonito y que se llena muy rápido, si no vas pronto puedes llegar a hacer colas de hasta cuarenta y cinco minutos. Con la fama de cara que tiene Londres para comer, es uno de los tantos sitios que contiene las tres B: bueno, bonito y barato.

Solo hemos tenido que esperar diez minutos, nos han dado la mesa al lado de la ventana, me encanta observar esta ciudad por la noche desde los ventanales de los locales a los que voy, su luz, su esencia, tantos estilos y culturas diferentes. Me inspiran y me quedo embobada imaginando sus vidas, la chica del gorro rojo que corre seguro que la espera su chico y llega tarde, el hombre que observa a su perro mientras olisquea el culo de la perra que mea en la farola, mientras su dueña no deja de cotorrear con otra mujer que parece estar más pendiente del abrigo marrón del escaparate de enfrente que de lo que le está contando su amiga, vecina o conocida.

Mark vuelve del baño y el camarero nos toma nota. Hay poco que pensar.

—Dos filetes por favor —dice Mark—. Uno con salsa roquefort y el otro con la salsa especial de la casa.

—Muchas gracias, caballero —contesta el camarero.

Nos traen una botella de vino rosado que no recuerdo haber pedido.

—Aún no he olvidado tus gustos, señorita, y no hay nada mejor que una buena cena con un buen vino y la mejor de las compañías.

—Gracias, Mark. Está buenísimo.

Se crea un pequeño silencio. No entiendo muy bien tanta atención esta noche, tiene la frente arrugada, algo quiere decirme, miedo me da, no me siento preparada para hablar de sentimientos. «Tengo que evitar que romper el silencio como sea», pienso.

—Te invito a tomar algo después de cenar —Le digo sin pensar.

—Me parece bien.

No me da tiempo a reaccionar cuando ya me estoy diciendo a mí misma lo tonta que soy y si no se me podría haber ocurrido algo menos comprometedor, aunque pensándolo bien, me va estupendo salir y desconectar, aunque no sé si Mark es la persona indicada para eso.

La cena transcurre de lo más normal. Compartimos risas sobre las travesuras de Olivia, hablamos sobre mamá y Peter, y poco más.

Salimos del restaurante y a dos calles hay un bar que han abierto apenas hace dos semanas del que me han hablado bastante bien. Es más bien una cervecería.

Nos pedimos el cubo pequeño con cuatro medianas.

De fondo suena la canción de Bud Bunny y Henry Méndez. Estos dos ahora están en todas las canciones, emisoras, discotecas y listas de Spotify.

Son Kate y Anthony, amigos de Mark de la infancia. Kate tiene treinta y cinco años, es administrativa en el museo donde trabaja Mark desde hace pocos meses. La empresa donde llevaba más de diez años cerró y Mark habló por ella en el museo y cumplía con el perfil que buscaban. Anthony tiene cuarenta años, es separado sin hijos y trabaja en el cuerpo de bomberos de la ciudad. Tiene un cuerpo fuera de lo normal, su bíceps son dos cabezas de Kate, parece el hombre de piedra de los cuatro fantásticos. Lo observo porque estoy convencida de que cuando coja la jarra de cerveza la reventará en sus manos. Los dos han decidido no tener hijos, les gusta mucho viajar y dedicarse todo el tiempo libre del que disponen, totalmente respetable. Hoy en día cada vez más parejas eligen esta opción.

Nos invitan a sentarnos con ellos y a mí me parece perfecto, así menos opciones de intimar con Mark.

La noche transcurre entre risas, cervezas, gin-tonic y anécdotas de Anthony en algún que otro aviso peculiar.

Con lo que no contaba es cómo iba a terminar la noche. El alcohol me nubló la vista y aumentó mi deseo sexual. Mark supo aprovechar la situación, me conoce bien. Sonaba la canción «Good for you», de Selena Gómez. Y dejándonos llevar... los cristales del coche tardaron poco en empañarse de camino a su casa, una irresponsabilidad por su parte, pero puro placer por la mía. Sus dedos acariciando mi entrepierna entre cambio y cambio de marcha, acelerar el tema en los semáforos, no podía soportar más estar sentada en ese coche y en esa situación, sentía que el asiento quemaba.

Una vez en la cama la cosa se fue calentando más, sus labios recorriendo uno a uno cada milímetro de mi cuerpo hasta llegar a mi entrepierna. Un suspiro y puro placer, sabe perfectamente manejar la situación, se incorporó y yo con él. Mi turno, besar sus oblicuos, recordaba que esa era una de las zonas que más le excitaba antes de llegar a la zona más placentera de su cuerpo. Después de unos minutos me sujetó de los brazos y me elevo hacía a él, delicado, pero profundo, con el ritmo perfecto jugando con los tiempos. Hacía meses que no disfrutaba de una noche así.

El día no amaneció muy diferente y esta vez lo seguí hasta la ducha, otra vez, pero ahora totalmente conscientes de que los dos queríamos repetir, que la noche nos había sabido a poco y el placer se seguía palpando en el ambiente.

6.
Modo detective

Vale, lo reconozco... La noche a estado muy bien, no debería haber terminado como lo hizo, pero llevaba ya un tiempo sin sexo y necesitaba darle una alegría al cuerpo.

Pero desde que había puesto un pie en la calle mi entrecejo y mi frente no habían vuelto a estar relajadas (una persona que formó parte de mi vida y que ya no está con nosotros, siempre me tocaba las arrugas de la frente y me decía que dejara de pensar). La tenía más arrugada que una pasa, no podía quitarme la expresión de la cara, estaba en modo detective. ¿Qué habrá pasado entre ellos anoche? ¿Podré mirarla sin que el láser salga de mis ojos y penetre en su pecho a modo de venganza? Hay momentos en los que creo sentirme superheroína.

Me bebí el café de dos tragos, necesitaba estar despierta, atenta a cualquier detalle, mirada, gesto... No iba a dejar que Samanta se acercará más de la cuenta. Yo lo había visto primero, por lo tanto debía observarlos para descubrir qué estrategia seguir. Al fin y al cabo la evolución de Pat no estaba en manos de Samanta, aunque sí su traslado.

Ya estaba en mi puesto de trabajo y ni rastro de Rodrigo y Samanta. La jornada empezaba mal y eso que el día había amanecido más que bien.

Los «peludetes» me necesitaban, pero no iba a ser fácil tener un ojo en la puerta por si llegaban juntos y otro en ellos.

Veinte minutos después se abre la puerta y allí están, sonrientes, divertidos, la mano de Samanta está posada en su hombro. Está claro que han pasado la noche juntos, esa sonrisa desencajada de ella es la prueba de que la ha hecho disfrutar. ¡Maldita Samanta! Me entran ganas de ir hacía ella y decirle cuatro cosas ridículas de niñata celosa e histérica. El recipiente que sostenía entre mis manos tocó suelo, provocando así un ruido que pudo escucharse en toda la clínica. Sus ojos se posaron en mí, bueno, los de todo el mundo que estaba por ahí. Lo que me faltaba, que ahora estos dos se fijen en mí.

—¿Está todo bien, Sofía? —pregunta Samanta.

—Sí, sí, se me ha resbalado el recipiente de agua de Toby (pobre Toby, ya se las ha cargado el).

Toby es otra de las mascotas del centro, es un chihuahua canela irresistible. Se lo encontró Rose en la calle una tarde de lluvia en muy malas condiciones, no tenía chip y, tras intentarlo todo para encontrar a sus dueños y no obtener resultados, decidimos cuidarlo en la clínica. Es un gran compañero de aventuras de Pancho.

—Recógelo cuanto antes.

—Ahora mismo, «maldita...».

Apenas dos minutos después Rodrigo entra en mi zona. ¡Qué jodidamente potente está! es la primera vez que aparece sin traje, lleva unos vaqueros azul grisáceo, una camiseta negra y unas bambas blancas como la nieve. Está impoluto, qué cara, qué ojos, qué manos que todo. Al final voy a terminar limpiando mi propia baba.

—Buenos Días, Sofía.

«Es que hasta su voz es perfecta».

—Buenos Días, Rodrigo —le contesto algo seca y sin mirarlo.

—¿Estás bien? Tienes mala cara.

«¿Yo? ¿Mala cara? ¿Con la noche loca que he pasado? Para nada, pero claro, si te refieres a que mi entrecejo sigue mirando hacia abajo, pues sí me pasa algo».

—No, para nada, estoy estupenda, gracias.

—Bien entonces.

Sin darme cuenta llevaba ya como quince minutos escuchando su historia. Resulta que Pat no es suyo sino de su hermana Charlotte, ella está de luna de miel y le han dejado a Pat a su cargo, por motivos laborales. Rodrigo ha tenido que viajar hasta Londres para asistir a un par de reuniones y se ha llevado al peludo con él, pero con lo que no contaba es con este sobresalto. Su hermana no está al corriente de lo sucedido y parece ser que mejor que siga así porque sería capaz de anular su lujosa luna de miel para estar con su mimado Pat.

Rodrigo confía en que este de vuelta y recuperado antes de que su hermana regrese del viaje.

No es un viaje cualquiera, por lo que tiene un mes por delante para que esta desagradable experiencia quede como una historia más que contar sin consecuencias negativas.

—Soy optimista y confío que en unos diez días Pat estará listo para volver a casa y sin necesidad de solicitar el traslado a nuestra clínica de Ámsterdam —comentó.

Rodrigo sin mediar palabra se levanta y me abraza lleno de alegría.

En ese momento aparece Samanta que no podía ser más oportuna.

—Lo siento, Samanta. Le estaba comentado que si todo sigue igual podrá volver a casa con Pat en unos diez días.

—¡Qué gran noticia, Rodrigo! —contesta Samanta, que también se acerca a él y lo abraza.

—Muchas gracias a las dos por vuestra gran labor y por ser tan generosas conmigo.

«Unas más que otras», pienso para mí.

—¿Te apetece que vayamos a comer? —propone Samanta.

—Te lo agradezco Samanta, pero hoy tengo planes. Otro día si te parece.

¡Ostia! Le ha dicho que no, para mi asombro y para el de Samanta, que su cara ahora mismo es de «¿cómo te atreves a rechazar mi oferta?».

Ella es así, cree que tiene a todo el mundo a su merced, que es la más divina y la más estupenda del mundo. ¡Cuánto ha cambiado esta chica en poco más de tres años! De ser cariñosa, atenta y amable ha pasado a ser la persona más egocéntrica y estirada que he conocido jamás, pero me alegra ese no por respuesta que acaba de recibir. Que vea que el mundo no gira entorno a ella. Samanta desaparece a lo lejos, Rodrigo se gira y, sin más preámbulos, se dirige a mí.

—Sofía, ¿te apetece comer conmigo? Sé que hoy tienes la tarde libre y me gustaría que me enseñaras algunos lugares de esta magnífica ciudad.

7.

Rodrigo

El primer día que llegué aquí ya me fije en ella, en su mirada, en su delicadeza, en su trato con los animales, se notaba el amor que sentía por su trabajo, dejaba al descubierto muchas cosas de ella, aparentaba ser cariñosa, atenta, detallista, buena, sencilla. Pero con el paso de los días otra parte de ella me desconcertaba, su mirada penetrante, como si a través de sus ojos pudiera ver más de lo que se le quería mostrar, su entrecejo fruncido. Eso es que siempre estaba pensando, seguro que sufre continuos dolores de cabeza.

La forma en la que se recogía el pelo con un lápiz y se colocaba los guantes para ejercer su trabajo, cuando, la analizaba, cuando ella creía que nadie la observaba era transparente, cálida y llena de ternura. Es lo primero que me llamo la atención: sus ojos, no su color, que eran preciosos, sino su mirada. Todo lo que podía llegar a transmitir solo con mirarte.

Por algún motivo quería saber más de ella, pero no pretendía ser grosero ni demasiado directo, no quería asustarla, no sabía si tenía o no pareja o simplemente si ella podría fijarse en mí.

Era consciente que mi estancia en Londres iba a ser corta y no entraba en mis planes conocer a nadie, pero sentía demasiada curiosidad por ella, por sus gustos y sus manías.

Estaba claro que físicamente era mi tipo y por alguna razón todo lo que hacía me resultaba demasiado familiar como si nos hubiéramos conocido en otro momento en otra vida.

¿Conocéis la historia del hilo rojo?

Cuenta una leyenda oriental que las personas destinadas a conocerse están conectadas por un hilo rojo a través de sus dedos meñiques. Este hilo nunca desaparece y permanece constantemente atado a pesar del tiempo y la distancia. No importa lo que tardes en conocer a esa persona, ni el tiempo que pases sin verla, ni siquiera importa si vives en la otra punta del mundo, el hilo se estirará hasta el infinito, pero nunca se romperá. Su dueño es el destino.

Pues algo así me pasa con esta chica.

La otra noche me fui a cenar con Samanta, su jefa, con la intención de sacarle información sobre Sofía de saber más sobre ella, pero la jugada me salió mal, no dejó de coquetear conmigo en toda la noche nunca me habían soltado tantos piropos en un periodo tan corto de tiempo, brindo hasta por nosotros. ¿De verdad creía que estaba yo con cuerpo para brindis? Acabé sintiéndome muy incómodo y no os podéis imaginar cuando me dejó en el hotel, estoy seguro que pretendía subir a mi habitación, pero de algún modo la conseguí esquivar, Habla por los codos esta mujer y finalmente no conseguí mi objetivo. Sigo sin saber nada de Sofía, tendré que cambiar de estrategia.

Al día siguiente me llamó Samanta, que estaba en la puerta del hotel para llevarme a la clínica. No supe reaccionar y accedí a ir con ella por no hacerle el feo. Condujo todo el camino con su mano puesta en mi pierna (tiene un coche automático). Quien inventara esta tecnología, hoy no se lo agradezco nada, empieza a rozar el acoso. ¿Dónde va a ser el próximo sitio donde meta la mano esta tía? Si me despisto seguro que me sujeta del miembro y se lo apodera. Menos mal que el trayecto es corto y en cuanto aparca salto fuera del coche, sin dar tiempo a que reaccionara de ninguna manera.

Hoy Sofía tiene el ceño arrugado está claro que algo le pasa, después de conseguir deshacerme de Samanta me dirijo a ella, precavido. Con un tono suave la saludo.

—Buenos días, Sofía.

—Buenos días, Rodrigo —me contesta algo seca.

—¿Estás bien? Tienes mala cara —pregunto.

—No. Para nada, estoy estupenda, gracias.

—Bien entonces.

Algo le pasa, es obvio.

Cuando me di cuenta y sin saber el motivo, le estaba contando por qué estábamos Pat y yo en Londres. Le expliqué que era de mi hermana y que estaba bastante apurado porque Pat se recuperara y ella no se enterara hasta la vuelta de su luna de miel, cuando de repente aparece Samanta otra vez.

—¿Te apetece que vayamos a comer? —propone Samanta.

—Te lo agradezco, Samanta, pero hoy tengo planes. Otro día, si te parece.

—Muy bien, otro día entonces. Luego me paso a veros.

—Vale, hasta luego, Samanta.

No me lo puedo creer, ha sido fácil esta vez, pero lo seguirá intentando, estoy seguro. Es el momento de intentarlo con Sofía, quiero despejar dudas sobre esta sensación tan curiosa que siento por conocer más de ella. Quizás sea pasajero o por la situación del momento que estoy viviendo, pero es diferente. Hay algo en ella que me descoloca.

Cojo aire, la miro y...

—Sofía ¿te apetece comer conmigo? Sé que tienes la tarde libre y me gustaría que me enseñaras algunos lugares de esta magnífica ciudad.

¡Que diga que sí, que diga sí!

8.

¡¡¡Sí quiero!!!

¡Madre mía! Si por mi fuera saltaría encima suyo y mientras le beso y le abrazo le diría que «sí quiero», que claro que quiero lo que sea que quiera hacer, pero vamos a guardar la compostura y que se me note lo menos posible el ansia que tengo por conocerle más.

—Genial, Rodrigo. Me encantaría ir a comer contigo y enseñarte parte de esta ciudad, pero antes debemos pasar por mi casa para cambiarme de ropa.

—Vale, sin problema.

Y sin más que decir se sentó junto a Pat el resto de la mañana mientras yo realizaba las curas oportunas al resto de los pelupacientes.

Es la una del mediodía, hora de plegar. Me debían horas, así que le he pedido a «mi currito» que venga un poco antes. Rodrigo se despide de todas mis compañeras y se dirige hacia la puerta, respeta mucho la hora de cierre. Recojo mis cosas y me reuno con él. La cara de Rose viéndonos salir juntos era un poema, con los dedos me hacía el signo de la victoria.

—Vivo cerca de la clínica, así que seré rápida.

—Tranquila, no hay prisa.

Una vez en casa me dirijo rápidamente a la habitación, mientras veníamos ya estaba pensando qué me iba a poner, él va informal por lo que no me voy a vestir de gala *(me río sola)*. Cojo los *Jean Push Up* que me hacen un culazo de infarto y una camiseta blanca lisa con una pluma en el pecho en tonos verdes, y me pongo mis bambas con plataforma también blancas, cojo la americana negra un poco de perfume, rímel, raya del ojo y lista.

—Vale ya estoy lista, espero no haber tardado mucho, no me gusta hacer esperar.

—Para nada, has sido muy rápida, cualquiera diría que ya tenías en mente que ponerte. Estás guapísima.

Mi sonrisa ahora mismo es de lo más natural vamos después de lo que me acaba de decir suelto una risilla nerviosa y se me queda cara de pava, *miro de reojo el sofá y como una leona en celo lo empujaría sobre él y saltaría encima suyo clavando mis uñas en su pecho y...*

—¿Vamos? —me pregunta.

—Sí, ándale vamos a conocer Londres.

«No podría haber soltado una frase más cursi».

—¿Te gusta la comida mexicana? —pregunto.

—Me encanta la comida mexicana, Sofía.

—Pues decidido. Voy a llevarte al mejor mexicano que conozco.

—Genial, hace mucho que no voy a uno.

Lo llevo directo a El Loco Mexicano, una cantina cien por cien ambientada y con una comida espectacular, la descubrí hace un año y desde entonces voy mínimo una vez al mes. Me chifla el picante y las fajitas repletas de queso.

—Tenías razón, sí que es cien por cien mexicano. ¡Cómo mola este sitio! —comenta Rodrigo sorprendido.

—Me alegra que te guste. Espero que la comida también sea de tu agrado.

¿Por qué estoy tan políticamente correcta si en unos minutos me voy a poner como una cerda y me va a chorrear la salsa hasta la muñeca?

—¿Qué os pongo para beber? —nos pregunta el camarero.

—¿Una sangría te parece bien, Sofía?

—Me parece perfecto, pero que sea de cava por favor.

—Marchando una sangría de cava para dos.

La comida la tenemos más que decidida los dos, se nota que frecuentamos los mexicanos. Cada uno pide lo suyo y compartimos unos nachos con extra de queso cheddar y guacamole.

La verdad que estamos pasando un rato muy agradable. Hacía tiempo que no reía tanto, tiene muchas vivencias y todas ellas a cuál más divertida, me resulta muy interesante. Tiene treinta y cinco años es arquitecto, soltero y vive en Ámsterdam, su madre es viuda y trabaja en una biblioteca, su padre falleció hace apenas un año y se dedicaba a la construcción, tiene una hermana de treinta años, a la que adora, y qué casualidades de la vida, también es veterinaria.

Parece un chico de lo más normal. Hasta ahora no se las ha dado de nada ni ha fardado de lo que tiene o deja de tener, y seguro que lo tiene.

La tarde se nos pasa volando entre risas y paseos por la ciudad. Empieza a oscurecer y como si de una sola persona se tratará proponemos a la vez cenar algo.

—La otra noche estuve en un sitio que creo que te gustará —dice Rodrigo con entusiasmo en su rostro.

—Vale, vamos. Así conozco sitios nuevos yo también.

Pero la noche no iba a ser igual que el día, la mala suerte se había puesto de nuestro lado y al girar la esquina y al adentrarnos en un callejón para acortar camino nos encontramos de frente con lo que no esperábamos. Tres chicos nos acorralaron antes de que nos diera tiempo a reaccionar, me pidieron el bolso y al negarme me zarandearon para poder quitármelo, ya que lo llevaba cruzado en el hombro.

Rodrigo de ver cómo me tiraban al suelo de un solo golpe se enfrentó a él, con la mala suerte de que los otros dos que lo acompañaban lo tumbaron de una patada en las costillas. Al escuchar mis gritos desistieron y huyeron, pero el daño ya estaba hecho. Rodrigo se levantó con la mano en el costado como muestra de dolor y rápidamente me sujeto para levantarme, mis lágrimas caían por mi rostro, pero con su dedo pulgar las limpio, me abrazo y permanecimos en silencio unos segundos.

Vivo a cinco minutos, por lo que le invito a ir a casa, limpiarnos y preparar algo de cenar. Acepta sin dudarlo, todo el camino lo hacemos en silencio, pero cogidos de la mano.

Debajo de casa hay un pequeño bar, cogí algo de cenar. El temblor de mi cuerpo no creo que se vaya a ir en los próximos minutos ni horas.

Una vez en casa, mientras Rodrigo estaba en el baño, preparo una ensalada, una botella de vino que ayude a olvidar y la cena. Al salir del baño su mano reposaba en el costado donde había recibido el golpe.

—¿Estás bien? —pregunto preocupada.

—Si, tranquila, es solo el golpe.

—Si quieres ir al hospital, te acerco.

—No de verdad, aunque gracias igualmente.

Era mi turno. Limpié mi negro rostro, las heridas de mis manos y rodilla y me puse cómoda, unos *leggings* color verde militar y una camiseta blanca.

La cena fue relajada, pusimos el *Netflix* para intentar desconectar un poco de lo sucedido. Gracias a dios ha quedado en un susto, pero podría haber salido peor, resulta que él también está enganchado a la casa de papel. ¡Qué pedazo de serie! Después de recoger la mesa y la cocina le ofrecí un café mientras terminamos de ver el capítulo. Parecía a gusto en casa y yo con el miedo aún en el cuerpo no quería que se fuera en realidad. Deseaba que se quedará a dormir conmigo, no me apetecía pasar la noche sola. Creo que entenderá mi proposición decente.

9.
Al día siguiente

$\mathcal{E}$ntendió perfectamente que no quisiera pasar la noche sola, no lo comprometí a nada, creo que él tampoco quería irse.

El día amanece soleado. Me dirijo a la cocina a poner en marcha la cafetera y allí está él, en mi sofá dormido. Me dejo caer en el marco de la puerta a obsérvalo y mientras mis ojos lo miran y mi mente piensa.

—Buenos días, Sofía. ¿Has dormido bien?

Me enervo rápidamente, me había quedado totalmente embobada mirándolo mientras daba rienda suelta a mi imaginación.

—Buenos días, Rodrigo. No todo lo bien que me hubiera gustado, pero he podido descansar algo, gracias. ¿Y tú?

Mentira, no he podido dormir apenas nada.

—Si, la verdad es que tu sofá es muy cómodo, aunque reconozco que me costó dormirme, No ha sido una noche fácil y también sufría por ti.

—¿Te sigue doliendo el costado?

—Un poco, pero nada alarmante, de verdad.

—Voy a preparar café y tostadas con mermelada de fresa, ¿te apetece?

—Sí, por favor, voy a asearme y enseguida voy.

—Perfecto. En el armario del baño tienes de todo. Si te hace falta algo más me lo pides.

—Gracias, eres un encanto.

—Qué menos, por favor.

Quien me iba a decir a mí ayer por la mañana todo lo que iba a vivir en poco menos de veinticuatro horas. De llegar a pensar que estaban liados Samanta y él a terminar durmiendo en mi sofá y desayunando juntos en mi cocina. ¡Qué surrealista suena!

Se reúne conmigo en la cocina y desayunamos mientras comentamos las noticias del periódico.

—Voy a la ducha y a vestirme. No quiero llegar tarde —le comento.

—No tardaré en irme. Yo también quiero darme una ducha y cambiarme de ropa.

El agua caliente cae por mi rostro, intento relajarme unos segundos, no quiero pensar, no sé cómo debo actuar, me siento cortada, no lo conozco y han sido unas horas demasiado intensas. Observo las heridas de mis manos. Voy a dejar que él se pronuncie. Salgo del cuarto de baño y me dirijo a la cocina. Está toda recogida y hay una nota.

—«*Sofía, me he ido a mi hotel. Hoy tengo temas que solucionar. Luego me pasaré por la clínica para ver cómo seguís Pat y tú. Te debo una cena.*

Gracias por todo. Rodrigo».

Nada más entrar Rose corre hacia mí, no se le escapa una.

—¿Estás bien, pequeña? ¿Qué ha pasado? ¿Por qué tienes esa cara? ¿Y esas heridas en las manos?

—Estoy bien, Rose. Gracias a dios ha sido un susto. Anoche intentaron robarnos en un callejón cercano a mi casa, pero estamos bien.

—¿Estáis bien? ¿Quién más, Sofía?

—Rodrigo, Rose, estaba con Rodrigo, pero ni «mu». ¿Me oyes? Que no salga de aquí.

—¿Rodrigo? ¿El atractivo misterioso de cada día? Pensé que era casualidad que salierais ayer juntos de la clínica y no que fuerais a pasar la tarde juntos.

—El mismo y la noche, Rose.

—Quiero detalles, Sofía. Tomate tu tiempo, pero quiero saber más, ¿¿¿me oyes???

—Síiiiiiiii, mamasita. Te daré algunos detalles.

—Por cierto, princesa, hoy la loba estará todo el día en la clínica. Creo que hay otra interesada.

—¡JODER! Gracias por avisar, Rose.

Debo evitar que Samanta se entere de que ayer pasamos la tarde juntos Rodrigo y yo, pero sobre todo que nos robaron y que ha pasado la noche en casa, aunque no ha pasado nada entre nosotros. Seamos realistas, entiendo que cueste de creer, por eso mejor evitar.

Las horas en la clínica pasan tranquilas. Pat está mejorando muy bien y mi cabeza, al contrario, cada vez va a peor. Me apetece verlo, necesito ver su reacción conmigo para saber si debo o no empezar a hacerme ilusiones, aunque sepa que es un candidato perfecto para cometer un error. Pero qué sería de la vida sin errores, qué sería de nosotros si no arriesgamos, no es un todo o nada, pero si un posible algo que quiero intentar.

—Sofía, durante la mañana de hoy recibiremos la visita de Antonio, nuestro especialista en Barcelona. Viene a valorar el estado de Pat para ver si es posible el traslado inmediato a nuestra clínica de Ámsterdam.

«¿Como? ¿Será hija de puta? ¿A qué viene esto?» Seguro que está dolida por el rechazo de ayer de Rodrigo.

—Pero creí que lo íbamos a mantener aquí puesto que queda poco para que puedan marcharse sin necesidad de un nuevo ingreso en Ámsterdam —le digo con tono decepcionado.

—Esto no es cosa tuya, Sofía. Limítate a tener los informes preparados para cuando llegue Antonio.

—Está bien, voy a prepararlos.

¡Qué bicha mala es esta tía! Ni un repelente la ahuyenta. Me alegro por Pat y Rodrigo, que podrán volver a casa, pero ¿y yo qué? Ahora que habíamos dado un paso para conocernos. Aunque no sé si es mejor que no haya pasado nada o quedarme con tantas ganas de que pase. Es egoísta por mi parte, lo sé, pero es que... ¡Vaya putada!

Veo pasar a Rodrigo directo al despacho de Samanta. Rose debía de estar avisada. De hacerlo ir a su despacho nada más que llegará o lo ha llamado al móvil Samanta directamente. Capaz es. Me siento triste. Apenas diez minutos. Después asoma en mi zona con cara de incertidumbre.

—Hola, Sofía

—Hola —contesto sin mirarlo.

—Tenía ganas de verte, ¿cómo sigues después de lo de ayer?

—Gracias a dios estoy bien, Solo sigo un poco con el susto en el cuerpo. ¿Y tú?

—Estoy bien, como bien dices ha quedado en un susto de mal gusto, pero un susto. Quiero que sepas que he pasado por la Comisaría para dejar constancia de lo ocurrido y me han dicho que llevan varias noches intentando cogerlos, que no somos los primeros. No he interpuesto denuncia sin hablarlo antes contigo, pero bueno, he dejado constancia.

—Ostras, te lo agradezco, de verdad, a ver si los pillan pronto y nadie más tiene que pasar por lo que hemos pasado nosotros.

La conversación no va más allá, se sienta al lado de Pat en el mismo sitio donde lleva haciéndolo ya varios días mientras yo sigo con lo mío, revisión diaria de la evolución de todos los peludetes, hoy dos de ellos reciben el alta después de sus intervenciones, es la mejor noticia, que puedan irse a casa y que sigan corriendo y disfrutando de la vida.

La verdad es que ha sido todo un detalle por su parte que fuera el solo a comisaría a contar lo ocurrido y no hacerme pasar a mí también por ese trago.

—¡ANTONIO! ¡Qué alegría verte! —*le digo mientras por dentro pienso que es la mayor putada que me podía hacer, el motivo por el que ha venido, pero pobre hombre, ¿él que sabe?*

—Sofía, sigues igual de guapa que siempre, me alegro mucho de verte.

—Gracias, Antonio. Te presento a Rodrigo, el dueño de Pat, voy a informar a Samanta de tu llegada, Enseguida vuelvo.

Rodrigo me mira con ojos atónitos, sorprendido por que supiera qué hacía Antonio aquí y por mi buena reacción. El pobre hombre no tiene la culpa, tampoco cruzo mirada con Rodrigo.

—Sofía, un momento —grita Rodrigo.

—Dime.

—No sabía que sabías...

Le corto antes de que pueda terminar.

—Tranquilo, solo quiero lo mejor para Pat.

—Ya, pero...

Sigo mi camino hacia el despacho de Samanta.

—Perdona, jefa. Antonio ya está aquí.

—¡Qué rápido! Ahora mismo voy, ofrécele un café.

—Cómo no, enseguida.

Aparece Samanta, sobreactuada y encima de unos nuevos andamios.

—Hola, Antonio, qué alegría tan grande verte.

—Hola, Samanta, yo también me alegro de veros —comenta Antonio.

—Bueno, Antonio, imagino que habrás leído los informes de Sofía sobre nuestro paciente Pat. Por favor, necesitamos tu valoración y consentimiento para trasladar o no a Pat a nuestra clínica en Ámsterdam.

—He leído los informes y primero de todo felicitarte, Sofía, por el gran trabajo que haces y los informes tan completos que nos facilitas. Tengo que decir que, en función a dichos informes, si puedo dar el consentimiento para que Pat sea trasladado, igualmente ahora realizaré yo una exploración, aunque y matizo, si pudiera continuar su recuperación aquí sería lo más adecuado.

10.
Unos días después

Hace varios días que se fue y no he vuelto a saber nada de él. Solo voy sabiendo de la evolución de Pat porque entro en su historial, pero nada de Rodrigo.

El viernes cené con Mark y le conté toda la historia. Le hice saber que sentía algo por otra persona, pero que él seguía siendo mi debilidad. Es una lucha interna que duele, es comprensivo y entendió que después de algunos meses separados conociera a otra persona.

Volvimos a pasar la noche juntos, como de costumbre, y el sexo parecía ir cada vez a mejor. Estaba claro que él estaba teniendo sus historietas, había mejorado bastante, por lo que los dos lo pasamos mejor e innovamos todo lo que antes no habíamos hecho. Me venía bien porque en el tema sexo estaba muy escasa, solo Mark.

Nuestros encuentros cada vez eran más frecuentes y en menor espacio-tiempo creo que esto no iba a ser bueno para alguno de los dos. En mi cabeza seguía pensando qué era de Rodrigo y por qué se fue así, sin despedirse, sin decirme nada. No había pasado nada entre nosotros, por lo que no eran necesarias las explicaciones, pero estas tampoco eran formas. No sé si el estar un poco decaída o la falta de alguien a mi lado es lo que está haciendo que vuelva a acercarme a Mark y no es justo para él ni para mí si no tengo claro lo que siento.

***

Esa noche tocó salida de chicas. Matilda, un par de mamis con las que pasa largas tardes en el parque, Macy, Juno y Paige, que son mis pilares en Londres, frecuentaba tarde tras tarde mi cafetería habitual y ellas siempre estaban en ella, tomando té, conversando y riendo sin parar. Una tarde se sentaron en la mesa de al lado mío, no pude evitar reírme con cada cosa que decían. Son un poco burras, pero muy divertidas, me miraron y me invitaron a sentarme con ellas no sé bien por qué. Bueno, quizás porque ellas también me tenían ya muy vista y se daban cuenta de que estaba más pendiente de ellas que del libro que hacía que leía. Acepté, estaba aburridísima y a días me sentía sola, mi mejor amiga es madre y Olivia abarca el cien por cien de su tiempo y me quedaba mi ex, así que era una buena oportunidad para conocer a más gente y ampliar mi zona de confort hasta ahora.

Pusimos rumbo a un bar de copas donde la música era bastante buena y disponía de algunas mesas y sillas para poder acomodarse y tomar algo.

En la planta de arriba había sofás, pero cualquiera se sentaba en ellos... Seguro que era una mina de fluidos corporales y gérmenes.

Tardamos poco en empezar la ronda de chupitos. Eran unas mamás un tanto necesitadas de liberarse, sobre todo la mente. Después del cuarto chupito empezamos con las copas. Estas chicas parecen un pozo sin fondo.

—Siete copas de ron con Cola y un chorrito de lima por favor —soltó la mami rubia.

Mientras nos tomábamos el copazo, porque no era un vaso de tubo de toda la vida de dios, no, era un santo copazo como los del gin-tonic, que no eras capaz de sujetarlo con una sola mano, bailábamos y bailábamos como si ninguna recordará cuándo fue la última vez que lo daba todo de esta manera y más con *reggaetón*. Lo estábamos pasando en grande, hacía mucho que no hacíamos una salida así.

Espero que los papis mañana estén por la labor con los peques porque estas mamis van a estar hechas un asco y con un dolor de estómago y cabeza que estarán recordando, como es costumbre, en estos casos, que no vuelven a beber así nunca más, cuando en realidad lo más apropiado sería no beber más así hasta la próxima salida me río de imaginármelas.

Cuando llegué a casa e intenté quitarme la ropa me di cuenta de que yo no estaba mucho mejor que ellas. Coger un taxi era la mejor y única opción de la noche. ¡Ostras, qué complicado está resultando quitarse este pantalón tan pitillo! No recuerdo que lo fuera tanto hace cuatro horas. ¿Y esta mancha de la camiseta? Joooder... Si es la *potada* de la mamá pelirroja antes de subirnos al metro. ¿Pero qué guarrada que demonios ha bebido? Es del mismo color que su puñetero pelo. Esta va directa a la basura, total es la que llevaba la noche que nos atacaron a Rodrigo y a mí, así que no le guardo mucho cariño.

Después de conseguir ponerme el pijama y desmaquillarme lo mejor posible sin importarme mucho los churretes que hayan podido quedar, oigo vibrar mi móvil por algún lugar de mi cuarto. «Mi bolso ¿dónde está? Ya voy, ya voy, quien quieras que seas no cuelgues. Aquí estás». «Será Mati haciéndome saber que han llegado sanas y salvas».

Siete llamadas perdidas y nueve WhatsApps. ¿Pero qué...?

¡RODRIGO! ¡RODRIGO! ¡RODRIGO! ¡RODRIGO! ¡RODRIGO! ¡RODRIGO! ¡RODRIGO!

No me lo pudo creer. El alcohol acaba de bajar a mis pies. Las siete llamadas son suyas, si abro los WhatsApps y son suyos, que seguro que lo son, tendré que contestarle y son las cuatro de la madrugada. No estoy en condiciones de eso porque en mi estado podría decir cosas de las que luego podría arrepentirme.

¡Abro el WhatsApp!

—Sofía ya he dejado a las otras dos en casa con un pedo impresionante y yo ya estoy en la mía. Un besote, chochona, qué gran noche. (WhatsApp 1)

—El mes que viene repetimos, buenas noche, Mati.

Vale, bien, este era de Mati avisándome que han llegado a casa. Sigo.

—*Churri, ya hemos llegado a casa de Macy, dormiremos aquí la mona. Hablamos. (WhatsApp 2).*

—*Vale, petardas, hablamos, espero que lo hayáis pasado bien, un beso.*

Este el de las chicas.

—*Hola, Sofía, soy Rodrigo (WhatsApp 3).*

—*Hola, Sofía vuelvo a ser yo, bueno qué tontería ya lo estás viendo, solo quería saber cómo estabas (WhatsApp 4).*

—*Imagino que has debido de dejarte el móvil porque también te estoy llamando y nada (WhatsApp 5).*

—*No quiero ser pesado, sé que me fui sin decirte nada y me gustaría explicarte por qué. (WhatsApp 6).*

—*Vale, definitivamente te has dejado el teléfono porque tu última conexión es a las nueve de la noche, son las dos de la mañana y has debido de salir (WhatsApp 7).*

—*Se ha eliminado este mensaje (WhatsApp 8).*

—*Me gustas (WhatsApp 9)*

Última conexión de Rodrigo a las 2:27.

11.
Próximo destino: Ámsterdam

No me puedo creer que esté haciendo esto, esperando el avión para ir a ver a Rodrigo a Ámsterdam. Esto es surrealista para mí, por primera vez mi mente y mi corazón se han puesto de acuerdo y ya es raro, debo hacerlo, no puedo quedarme con la espinita clavada de lo que pudo ser y no fue.

Ding dang dong. Aviso para todos los pasajeros con destino Ámsterdam. Las puertas de embarque se abrirán en cinco minutos.

En marcha...

Una hora y cuarto, esto es lo poco que he tardado en llegar, apenas sin tiempo para prepararme lo que debo decir. Rodrigo pretende que me quede en su casa, pero con lo jodidamente asquerosa que soy con las sábanas de los hoteles, los cojines de las terrazas en verano, los sofás... como para quedarme en casa de un desconocido, porque lo es. *¡No gracias!* Tengo reserva en un hotel cercano a su casa por lo que pueda pasar, por si necesito salir por patas.

Las maletas las he enviado por Seur, ya están en el hotel ha sido por comodidad tenía muchas ganas de alquilar una Vespa y eso he hecho. No la tenían en rosa, así que he escogido la roja *(no estoy de coña)*. Veamos cómo se me da. No es que haya conducido muchas motos en mi vida, más bien en un par de ocasiones solo, pero que no cunda el pánico. Tendré cuidado en una ciudad que no conozco (*solo se me puede ocurrir a mí, lo sé*). Para sorpresa la que se va a llevar él. Mis pautas han sido que viniera en tren, bus, metro, lo que tengan aquí que había alquilado un vehículo, si ya no le ha hecho gracia esta idea teniendo coche él, imagínate cuando vea la Vespa y el casco *jet* con visera. Espero que no venga trajeado porque entonces sí que va a ser una verdadera estampa... Ni que estuviéramos en la Toscana.

Este aeropuerto es enorme y mi sentido de la orientación pésimo, su último mensaje era: *Te espero justo delante del KFC*. Si lo hubiese acompañado de un pequeño croquis desde que salgo del avión hasta el KFC hubiera sido más fácil, pero no. Tres mensajes después con: *¿Dónde estás?* Decido llamarlo.

—Es la primera vez que vengo a Ámsterdam, mi sentido de la orientación es pésimo y con la de bares y restaurantes que hay aquí podrías haber escogido uno un poco más a la vista.

(Sin coger aire y sin pausas así se lo suelto)

—Estás preciosa —contesta entre risas.

—¿En serio? No te veo.

—Gírate.

Con el teléfono aún en la mano y con cara de boba, me quedo mirándolo. Ahí está, a lo lejos, con tejanos oscuros y camiseta gris clarita y el pelo un tanto alocado. ¡Qué buenorro está! Informal aún me gusta más.

¿Corro a sus brazos? ¿Espero a que venga él? En definitiva, no sé qué hacer.

Sin colgar el teléfono empieza a caminar hacia a mí, no puedo moverme, estoy inmóvil no recuerdo la última vez que algo o alguien me dejó tan anonadada. Cuando llegó a mí, y aún con el teléfono en la oreja, le escuché decir por partida doble.

—Hola, princesa.

Tan sutil, tan suave...

—Hola —contesté yo, pero para nada con un tono tan dulce como el suyo. Más bien casi no me salía la voz. Dudo que lo haya escuchado.

Quitándome el teléfono de la oreja, metiéndolo en mi bolsa y el suyo en su bolsillo deposito un dulce y corto beso en mis labios. Sin dejar de sujetar mi cara nos observamos durante unos segundos y casi susurrándome me preguntó:

—¿Qué tal el viaje, princesa?

—Corto —contesté sin más.

—¿Y tu equipaje?

—En el hotel.

—¿Cómo que en el hotel? ¿No habíamos acordado que te quedabas en casa? —preguntó algo molesto.

—He preferido no comprometerte y he reservado habitación en un hotel cercano a tu piso. —No quiero molestar más de la cuenta.

—No molestas, Sofía.

—Imagino que vamos a pasar el mayor tiempo juntos, por lo que apenas estaré allí.

—¿Qué coche has alquilado?

—¿Coche? —respondo con una sonrisa apurada.

—No me digas que...

—¡Exacto! Una moto.

—¡La madre que te parió! Espero que sepas llevarla porque yo no he conducido una en mi vida.

—Sí, tranquilo, mi hermano me dejó la suya en un par de ocasiones.

—¿Un par de ocasiones, Sofía? ¿Estás de broma? ¡Vas a matarnos!

—¡Qué exagerado eres! Como mucho un par de rasguños si resultas ser un mal acompañante.

—Encima con recochineo.

Su voz empezaba a sonar con un tono más serio.

—Tranquilo, será divertido, solo tienes que hacerme de GPS.

—¡Divertidísimo! —dijo con el entrecejo casi junto.

Hago el *check-in* de la moto, es monísima mi soñada Vespa. Rodrigo me sigue con cara de pocos amigos y yo estoy disfrutando como una enana. Mientras sujeto el bolso en la moto el chico de los alquileres le está dando los cascos...

—Sofía, estos no serán los cascos, ¿verdad?

No sé si girarme o no, solo sé que no puedo dejar de reírme, lo sabía, sabía que se quejaría también del casco.

—¿Qué les pasa? Son muy *top*.

—¿Qué son muy qué? Déjalo, no quiero saber qué significa lo que sé que has dicho. (Se coloca el casco)

—Con lo bien que te queda —le digo entre risas.

—Te debo una, Sofía, mejor dicho, te debo dos, por la moto y por el casco. Te lo juro que te las devolveré.

No parecía que hubiera ningún plan. El día transcurría como si nada. Los juegos, las bromas las miradas, todo apuntaba a complicidad.

«Ellos lo desconocían, pero la vida que así se hace llamar había apostado por ellos».

Les tenía algo preparado, no iba a ser fácil, se encontrarán por el camino con algo que no contaban. El camino estará lleno de piedras. Solo ellos podrán decidir qué hacen con ellas, levantar un muro o construir un puente. «(¿Os suena?)»

La complicidad, la perseverancia y la unión es la única solución para este posible gran amor.

El día no podía haber ido mejor, pero estaba cansada, necesitaba ducharme y meterme en la cama. Ha sido amable, respetuoso y tan atento como en Londres.

Una vez en la habitación de hotel pude relajarme, pedí que me subieran un vaso de leche con Nesquik. No quería pensar más de la cuenta, había venido a conocerlo, a conocer su vida y ver dónde nos podía llevar todo, así que conecté mi Netflix y hasta que aguante.

***

Era el piso más desordenado y limpio que había visto en mi vida. Va en serio, todo estaba por medio, la ropa sin recoger, los zapatos tirados en medio de la habitación, la cama mal hecha *(a saber cuánto hacía que no cambiaba las sábanas)*, tres o cuatro americanas colgadas por las sillas, cinturones encima del mueble, pero ni una mota de polvo, ni un plato sin fregar el baño impecable, el suelo de parqué clarito brillaba. No entendía esa estampa, pero no me gustaba nada, tampoco le pegaba a su persona. ¿Dónde queda ese *tiarrón* tan impoluto y educado que no le faltaba detalle? No me cuadraba nada por más que lo pensara, pero menos mal que me reservé una habitación de hotel porque no me hubiese podido quedar con este desorden. Se acaba de ir escopetada la magia con la que venía...

—Perdona el desorden, Sofía.

(Hay que joderse. No habrá tenido tiempo de recoger sabiendo que venía).

—Tranquilo, es tu casa.

—Termino de mandar unos *mails* y nos vamos. Te prometo que no tardo.

—Tomate el tiempo que necesites.

No pienso moverme de esta esquinita por si asoma algo con vida.

—¿Quieres tomar algo mientras?

—Estoy bien, gracias.

Ni de coña a ver si se me va a pegar algo.

En apenas diez minutos terminó. Me dirigí a la puerta con ganas de salir de esa ¿pocilga? De verdad que no sabría describir lo raro e incómodo que ha sido. ¿Ahora cómo hago yo para aguantar el día sin preguntarle? ¿Qué me importaba a mí como tuviera su casa, no? Sí, claro que me importaba, no quiero a un marrano así en mi vida. Si no sale el tema en la comida ya haré por que salga, aunque no soy de lo más sutil.

—¿Recuerdas que te dije que te la devolvería? —me dice con una sonrisa que casi le rodea la cabeza. Vamos a comer aquí. Es uno de mis restaurantes favoritos, hacen comida de distintos países y además quiero presentarte a alguien.

Sin tiempo a que reaccionara.

—Esta es parte de mi maravillosa familia. Al fondo está mi tía Cloe con su marido Joey, junto a sus hijas Naomi y Natalie, y esa pequeñaja es Nicole, la hija de Natalie y Henry, que debe de estar en el baño, para variar. Mi madre Sophie, mi maravillosa hermana Charlotte y su recién marido André, mi primo Brandon, que le acaba de dejar la novia y la mujer de mi vida, mi abuela Betty y su nuevo novio Billy *(no preguntes, ya te contaré)* —me dice esto último entre dientes.

¡¡A CUADROS!! Así me quedé, no había podido ni contar cuántos eran. ¿Qué pinta su familia con nosotros? ¡Qué vergüenza! ¡Qué cabrón! Me la guardo, vaya que si me la guardo… Ni siquiera ha metido todavía lengua como para presentarme a su familia Cuando nos acostemos, ¿qué hará? ¿Me presentará en el balcón de la plaza del Ayuntamiento de su pueblo?

Como era de esperar, no iba a poder ponerme en una esquinita todo lo escondida que me fuera posible para evitar a los máximos miembros posibles, pero no, en el centro los dos, uno enfrente del otro. ¡Ay, dios! Que hoy salgo de aquí desmayada. Lo único que me puede salvar es que no hablen inglés, así podrán opinar, cotillear, criticar... sin que me entere, cosa que yo también puedo hacer en castellano. *¡Esto es la guerra!*

Le mando un WhatsApp, es la única vía que tengo para comunicarme con él sin que nadie nos escuche y no puedo esperar a que termine la cena.

—No me gusta lo que has hecho, Rodrigo. ¿Tu familia? Entre el desorden de tu casa y esto, solo me queda esperar a que se vaya el sol.

—No te enfades, princesa, te debía una. Estarás a gusto, ya lo verás, y lo del desorden tiene un porqué que puede que algún día te cuente.

—No sé si habrán más días... Mañana vuelvo a Londres y no creo que este sea mi mejor recuerdo de los dos.

—Habrán más, te lo garantizo.

—Todo se verá.

Estoy incomoda, no vamos a negarlo. Encima, sí que hablan inglés menos la abuela, su novio y sus tíos. El resto sí lo hablan, y encima no callan. Ni Samanta me hizo tantas preguntas en la entrevista de trabajo.

No soy su novia. Tengo treinta y tres años. Me llamo Sofía *(sí, como la madre, casualidad)*. Trabajo como veterinaria *(como la hermana, otra casualidad)*. Soy de Barcelona, pero vivo en Londres. Mi madre vive en Londres y mi padre en Barcelona. Sí, tengo un hermano, Pablo. Sí, rubia de pote y chochete morenote. *(Esto lo digo en español porque me tienen hasta el mismísimo. Ahora llevo una especie de californianas rubias matizadas en tono vainilla).*

Por fin Rodrigo consigue cambiar de tema, creo que ha visto en mi rostro las ganas de vomitar que tengo. Hay que sumarle que la abuela no para de ponerme comida en plato como si en pocas horas se fuera a terminar el mundo y necesitará tener provisiones en mi cuerpo.

Dos horas después, más un millón de besos y abrazos como si fuera a ser la mujer de su maravilloso Rodrigo, consigo salir del restaurante y aspirar tan fuerte que hasta me ha dado un tirón en el pulmón derecho. Estoy enfadada.

—¿Quieres que vayamos a tomar algo? —pregunta Rodrigo.

—Quiero que me lleves al hotel.

—Sofía, no ha sido para tanto. Bueno un poco incómodo solo con tanta pregunta.

—Llévame al hotel. —Vuelvo a pedirle.

No cruzamos palabra en todo el camino, estaba enfadada a la vez que quería besarle, pegarle, tocarle... Quería hacerle de todo, era mi última noche y sentía que se había desperdiciado. El sol ya se había ido.

El ascensor se cerró tras de mí, sola, enfadada, triste, decepcionada y cachonda. Así estaba en mi última noche en Ámsterdam, y sin Rodrigo.

12.
El Ayuntamiento

Pero ahí estaba él, apoyado en la puerta de mi habitación, con una botella de cava y dos copas, esperándome... Medio descamisado, la americana apoyada en el antebrazo con la mano que sujetaba las copas, despeinado. Se me acababa de pasar todo lo negativo que sentía, ahora mis pensamientos solo eran de deseo.

—¿Rodrigo?

—Tenías razón, Sofía, te he comprometido demasiado llevándote con mi familia, no era momento, pero me parecía una venganza justa. No pensé que te fuera a sentar tan mal.

—Sí que ha sido comprometida, la verdad. ¿Quieres pasar?

—¡Por favor! He traído esto para compensarte, he pedido también algo de cena, la subirán sobre las nueve.

Me besa.

—Esto...

Le devuelvo el beso, no dejo que siga hablando, no quiero escucharlo más, quiero saber si me voy con un buen o mal sabor de boca.

Le pido que se ponga cómodo, solo necesito cinco minutos. Entro como una flecha al baño, saco el camisón cortito granate que me había traído por si se daba la situación, me lavo los dientes, cepillo mi pelo y me pellizco los mofletes.

Salgo del baño y lo tengo frente a mí, sujetando las dos copas de cava, se acerca y me la ofrece, bebemos, nos miramos, me coge la copa y las deja en la mesita de al lado de la cama. Vuelve hacía a mí, me mira, retira un mechón de pelo detrás de mi oreja y me besa el cuello. Coloco mis manos en sus brazos, mis ojos se cierran deseaba que llegara este momento. Me apoya contra la pared y me besa, nos besamos con pasión con ganas, sus manos en mi baja espalda me atraen hacia él, un gemido sale de mi garganta, meto mis manos por su barriga, mejor dicho, por sus abdominales perfectamente marcadas. Mientras le acaricio le voy quitando muy despacio la camiseta, quiero saborear cada minuto, cada segundo de este momento y cada una de sus abdominales o como las llaman ahora, *six pack*. Tiene un cuerpo bonito, musculado, pero no exagerado, tiene marcados todos los músculos de su cuerpo, los acaricio uno a uno, beso su hombro mientras me levanta sobre su cadera, sus manos sujetando mis piernas, las mías rodeando su cuello nos besamos sin parar.

Me deja caer en la cama, a la vez que él se coloca encima de mí, besa mi pecho, mi ombligo. En ese momento un hormigueo sube por mi cuerpo, pero no para, sigue bajando hasta llegar a la zona más íntima y delicada. Lo besa, lo acaricia, juega durante unos minutos hasta que mi respiración empieza a acelerarse y empiezo a perder el control sobre mí misma. En ese momento me gira entera, colocándome boca abajo y mientras acariciaba mi espalda me penetra una y otra vez a un ritmo lento. Se deja caer sobre mi espalda mientras retira mi pelo y besa mi nuca, pero yo necesito mirarlo, besarlo... Me giro y él sigue encima de mí, pero esta vez cara a cara. Nos besamos mientras vuelve a penetrarme esta vez a un ritmo más acompasado no paramos de besarnos y acariciarnos. Me gusta.

Llegamos los dos a lo más alto de la montaña rusa y en ese preciso momento se deja caer sobre mí, se coloca a mi lado y me acaricia la cara, me da un ligero beso en la nariz mientras me susurra:

—Me vuelves loco, Sofía.

Cojo las dos copas, brindamos y bebemos mientras nos miramos, hay poco que decir. Los dos queríamos lo mismo.

Llaman a la puerta, es la cena. Rodrigo se pone los pantalones, mientras yo me coloco una camiseta larga que tenía a mano.

—¡Qué bien huele! ¿Que has pedido? —pregunto.

—Salmón a la plancha con verduritas y de postre zumo de naranja con fresas y helado de coco.

—Qué buena pinta tiene todo, buen provecho.

—Igualmente, princesa.

Nos sentamos en una pequeña mesa redonda que está situada debajo de la ventana, es de color granate, estilo *vintage*, con unas mini butacas aterciopeladas en tono beige. No hay persianas, algo bastante frecuente en esta ciudad, por lo que disfrutamos de las vistas que se contemplan desde la ventana de la habitación. Las luces de los barcos o casas flotantes cubren los canales, la mayoría cubiertos de flores, la gente paseando en bici. Es una ciudad muy distinta a Londres por lo menos para mí.

El salmón está en su punto, igual que las verduras. La cena transcurre entre anécdotas y risas. Es fácil tratar con él, estoy a gusto y tiene mucha conversación, no hay ratos muertos entre nosotros y eso me gusta.

Para no perder la costumbre continuamos la serie de Netflix donde la dejamos la última vez que estuvo en casa. Nos tumbamos en la cama rodeados de cojines, me tiene sujeta por el hombro y acaricia mi brazo, mi cabeza está apoyada en su hombro. Cuando me doy cuenta estaba dormido, no podía terminar mejor aquel incómodo día. Pausé la serie, quité la televisión, lo arrope y me acurruque a su lado.

Sobre las cuatro de la mañana un pequeño hormigueo sube por mi espalda.

—Siento haberme dormido, princesa, pero en pocas horas te vas y no voy a perder el tiempo durmiendo.

Y sin más preámbulos empieza el segundo *round*.

13.
¿Y ahora qué?

Acabo de embarcar, en pocos minutos estaré de regreso a Londres. Me voy con pocas dudas, tres días han dado para mucho. Solo hay un tema que no he podido abordar y ha sido el asqueroso desorden de su casa.

—Que tengas buen vuelo, princesa. Han sido mis mejores días en mucho tiempo.

—Pienso igual que tú. Al final creo que no cambiaría nada. Todo pasa por algo.

—Me alegra oír eso, nos vemos pronto. Un beso.

—Otro para ti.

Apago el móvil, vamos a despegar.

Me voy directa a casa de Mati que ya está más que avisada de mi regreso y posterior rescate, así llamamos a los momentos de crisis cuando necesitas el apoyo de tus amigas, aunque no hagas ni caso de sus consejos.

George se ha llevado a Olivia al parque para que pudiéramos hablar tranquilas. Es un santo.

Mati está impaciente por saber qué ha pasado, bueno más bien por saber si hemos follado o no.

—Mati, me voy a comprar una Vespa, lo he decidido mientras regresaba.

—Déjate de Vespas y vespos y al grano, chata, que llevo tres días en vilo.

—Si, nos hemos acostado, dos veces la misma noche. ¿Contenta?

—Pues claro. Así me gusta, Sofí, que pruebes el producto antes de decidir.

—Serás burra...

—Sabes que en el fondo piensas igual que yo. ¿Y qué? Cuéntame qué tal estos tres días.

Después de un rato contándole al detalle lo que ha dado de sí los tres días entre risas, venganzas, complicidad, sexo, familia, Vespa, desorden, cenas...

—Joo... Sofí, qué romántico suena todo.

—¿Romántico? ¿Dónde ves tú ese romanticismo? ¿En la cena con toda su familia?

—Mujer, Sofí, va a tu habitación de hotel para disculparse con el cava, las copas, la cena, sexo con caricias, besos... Eso suena romántico.

—Bueno, sí, tienes razón, esa parte si lo es, es que todavía no he podido analizar nada.

—Pero a ver, chata, ¿qué tienes que analizar? Parece un tío casi diez.

—Casi, tú lo has dicho.

—Y la tía qué perfeccionista se ha vuelto.

—¿Y ahora qué, Mati?

—Pues a esperar, como siempre.

Aunque la espera desespera.

En verdad, qué ganas tenía de llegar a mi casa, mi cama, mi sofá, mi olor... Pongo el móvil a cargar, tiene cero WhatsApps. Deshago la maleta, meto la ropa en la lavadora, me hago un vaso de leche con Nesquik y cojo el último libro a medias que tengo.

He leído como tres capítulos y no me he enterado de nada, no estoy donde tengo que estar. Cojo el móvil.

—*Hola, ya estoy en casa. ¿Qué haces?*

Casi una hora después...

—*Hola, princesa, estaba con mi madre y mi hermana hablando de ti.*

—*Vaya, espero que bien.*

—*Les has gustado.*

—*Me alegro y eso que no fue mi mejor día ni mi mejor cara.*
—*No necesitas mucho para gustar.*

(Le pongo unos cuantos emoticonos sonrojada)

—*Le he contado a mi hermana lo de Pat. No se lo ha tomado muy a la tremenda porque lo ve bien, pero la próxima vez no sé yo si me lo volverá a dejar. Te da las gracias por todo.*

—Es mi trabajo y tras dicho suceso con final feliz he podido conocerte a ti.

—Eso es cierto, hemos podido conocernos.

—Hablamos mañana si te parece. Besos.

—Me parece estupendo, besos, princesa.

En una nube, así me sentía.
Suena el móvil. Es Matilda.

—Por cierto, Sofía, Marc ha estado llamando estos días para ver si sabíamos dónde estabas. No conseguía localizarte y tu madre solo le dijo que te habías ido unos días fuera, nosotros no le hemos dicho nada.

—Gracias, Mati, yo me encargo, le diré que he estado en Barcelona visitando a mi padre. Es lo que mi madre también cree.

El que faltaba.

* * *

A la mañana siguiente, y tras dejar el piso limpio y recogido, llamo a Marc. Debe estar desesperado queriendo saber qué he hecho con mi vida durante tres días, aún me quedan dos días más que me debían. Lo llamo, quedamos en la cafetería de siempre, no sé cómo actuar, no sé qué decirle, no sé qué hacer, no estoy confusa o quizás sí. No lo sé.

De camino a la cafetería llamo a Rodrigo, pero no me lo coge. Su última conexión es de anoche.

—Hola guapa, ¿qué tal? —pregunta Marc.

—Hola Marc, pues mira, de vacaciones.

—Sí, ya, bueno lo he imaginado. Llevo varios días intentando contactar contigo, pero no he podido.

—Suena a reproche. Ya he visto las llamadas, pero he estado unos días fuera para desconectar. Tampoco era necesario acudir a mi madre y a Matilda, soy mayorcita y no tengo que dar explicaciones a nadie.

—Lo sé, pero necesitaba hablar contigo.

—¿De qué, Marc? ¿Es eso tan importante que no puede esperar cuatro días?

—¿Has conocido a alguien?

—NO, Sí, no, puede... ¿Qué quieres, Marc? ¿Por qué me lo preguntas?

—He notado las señales que me has estado enviando últimamente y aún siento cosas por ti.

—¿Señales?

—Hombre, Sofía te has metido mucho en mi cama estas últimas semanas. Imagino que eso significa algo, ¿no?

—Pueeees... Hombre......

No sabía qué contestar, ni esperaba esto ni me apetecía dar explicaciones.

—Marc, no sé qué decirte, no sé qué quieres oír, no me apetece tener esta conversación ahora.

—Necesito saber si tengo alguna oportunidad, si hay posibilidades de retomar nuestra relación.

—No, ahora mismo no, lo siento.

—Vale, Sofía, me marcho.

Qué situación tan tensa y Rodrigo sin devol-verme la llamada.

14.
Marc

Donde se ha metido esta chica. Es el tercer día que no sé nada de ella y ni su madre ni Matilda sueltan prenda.

Tengo que reconocer que no me he rendido que aún creo que Sofía y yo volveremos a estar juntos. Para ella fue todo un cambio abismal, dejar su ciudad natal, Barcelona, para trasladarse a Londres e independizarse en pocos meses, cambio de trabajo, nuevos y nuevas compañeras, el clima, el idioma, Oliver, yo...

Demasiadas cosas en poco tiempo. Entiendo que nuestra relación empezó un bucle semanal, de lunes a domingo empezaban a ser prácticamente todos los días igual y sé que eso a ella la aburrió. Yo soy muy rutinario y tranquilo y ella es todo lo contrario. Ese dicho de que polos opuestos se atraen no creo que siempre sea válido.

Últimamente estamos más cerca el uno del otro, parece que ella está algo más receptiva a que nos veamos y reconozco que quizás he empezado hacerme un poco de ilusiones, aun sabiendo que quizás no es el momento para ella. Creo que ha conocido a alguien y no la culpo, yo he estado con varias chicas desde que lo dejamos, pero nada serio con ninguna, por lo que entiendo que ella también necesita conocer a más gente.

—Hola, Sofi, imagino que te habrán comentado que he estado preguntando por ti, solo quería saber cómo estabas. Hablamos, besos.

—Leído.

No contesta.
Último intento a Mati.

—Hola, Mati, soy Marc. Oye, ¿tú sabes algo de Sofía?

—Hola, Marc. Sé que se ha cogido unos días de vacaciones, puede que haya ido a Barcelona a ver a su padre.

—Sí, puede ser, gracias, Mati, un beso a la pequeñaja.

—Hasta luego, Marc, otro para ti.

Obvio que sabe dónde está y que hace y con quién, pero entiendo que no me dé explicaciones, no la culpo, no tiene por qué dármelas, igual que su madre.

* * *

A la mañana siguiente se pone en contacto conmigo, quedamos en la cafetería de siempre, la he notado seca, algo le pasa.

—Hola, guapa. ¿Qué tal?

—Hola, Marc. Pues mira, de vacaciones.

—Sí, ya, bueno, lo he imaginado, llevo varios días intentando contactar contigo, pero no he podido.

—Suena a reproche —me dice—. Ya he visto las llamadas, pero he estado unos días fuera para desconectar. Tampoco era necesario acudir a mi madre y a Matilda, soy mayorcita y no tengo que dar explicaciones a nadie.

—Lo sé, pero necesitaba hablar contigo.

—¿De qué, Marc? ¿Qué es eso tan importante que no puede esperar cuatro días?

—¿Has conocido a alguien?

—NO, Sí, no, puede... —¿Qué quieres, Marc? ¿Por qué me lo preguntas?

—He notado las señales que me has estado enviando últimamente y aún siento cosas por ti.

—¿Señales?

—Hombre, Sofía, te has metido mucho en mi cama estas últimas semanas imagino que eso significa algo, ¿no?

—Pueeees... Hombre...

Ahora mismo no sé cómo interpretar nada, la veo muy sorprendida por lo que le estoy diciendo, creo que me he precipitado o me estoy perdiendo algo.

—Marc, no sé qué decirte, no sé qué quieres oír, no me apetece tener esta conversación ahora.

—Necesito saber si tengo alguna oportunidad, si hay posibilidades de retomar nuestra relación.

—No, ahora mismo no, lo siento.

—Vale Sofía, me marcho.

Y sin más cojo mis cosas y me marcho. ¡Vaya chascazo me acabo de llevar! ¡Qué impredecible puede llegar a ser esta tía!

15.
Rodrigo

No dejo de pensar en ella. Siento que no estoy centrado, camino por la calle y pienso en ella, conduzco y pienso en ella, duermo y sueño con ella.

No había conocido a nadie después de Nadine que me hiciera sentir tan a gusto, pero ella hace que mi cuerpo experimente cosas que nunca antes había sentido, hace que piense cosas que antes jamás me hubiera planteado, yo dejar mi queridísima Ámsterdam, pues ella hace que me lo planteé. No es una decisión inminente, pero si una posibilidad a corto plazo.

Echo de menos su sonrisa, su carisma su facilidad para adaptarse y lo comprensiva que puede llegar a ser, pero sobre todo lo divertida y activa que es, con ella el tiempo vuela, es mi saquito de nervios.

Cuando iba camino al aeropuerto para encontrarme con ella no imaginaba lo a gusto que iba a estar esos tres días, estaba nervioso e inseguro.

En realidad no había pensado qué hacer ni cómo hacerlo, ella lo solventó todo. No sé si lo tenía o no planeado, pero sea como fuere me encanto, necesito a esa chica en mi vida.

El momento moto me dejó atónito, su seguridad es abrumadora. A pesar de ir acojonado fue hasta divertido, no me gustan las motos y creo que esto será un problema para mí porque después de verla sé que le chiflan, pero estoy dispuesto a subirme a una si es con ella.

Durante el día me sentí muy cómodo no había vuelto a compartir tanto con una chica y eso me inquietaba, pero Sofía tiene magia. No hay silencios incómodos con ella no hay momentos aburridos y a todo le saca la parte positiva a pesar de su entrecejo. Me he fijado en varias ocasiones y cuando lo frunce, miedito me da esta chica, aunque me gusta. Entendí su cansancio y que quisiera irse al hotel, demasiadas emociones en poco tiempo yo también necesitaba analizarme, pero que cabrona y lista con cogerse un hotel eso es asegurarse el tiro y menos mal porque con mi desorden en casa. Se hubiese ido al momento, pero tengo que reconocer que hubiera intentado desnudarla nada más entrar por la puerta porque buena está un rato.

Sobre las doce se presentó en casa, habíamos quedado para comer, pero tenía una venganza preparada por lo de la moto, estaba convencido de que no se lo tomaría mal, pero estaba equivocado, se lo tomó muy, pero que muy mal. Ahora entiendo que no fue la mejor idea llevarla a comer con casi toda mi familia cuando ni siquiera nos habíamos besado.

Y si le añadimos su cara de desconcierto al ver el desorden de mi casa, acabo de ganarme una reputación de mierda, ahora me toca compensarla o reconquistarla o de todo, puestos que está en mi terreno.

Aunque la comida transcurre con no muchos momentos incómodos sé que no está a gusto. Al salir del restaurante intenté solucionarlo como pude, pero no se me ocurría qué poder hacer, había perdido la práctica ante estas situaciones. No abrió la boca hasta llegar al hotel donde la dejé.

Tras observar desde el coche y ver como entraba al hall no podía permitirme que el día terminara así y quien mejor ayuda que la de mi hermana con la que en cinco segundos me había dado la solución.

Dejé el coche al aparcacoches y entré corriendo al restaurante del hotel, solicité cena a las nueve para dos, habitación 116 (le había visto la llave en el bolso): salmón a la plancha con verduritas y de postre zumo de naranja con fresas y helado de coco (es lo que mejor sonaba al pedirlo). No conocía sus alergias, sus gustos nada, pero no tenía alternativa arriesgar o perderla. Pedí una botella de cava y dos copas, corrí escaleras arriba hasta llegar a su cuarto, llamé, llamé y llamé, pero no me respondía. Coloqué mi americana en mi brazo, correr me había hecho sudar y me desabroche varios botones del cuello, apoyé mi cabeza en la puerta decepcionado conmigo mismo cuando una dulce voz mencionó mi nombre.

—¿Rodrigo?

—Tenías razón, Sofía, te he comprometido demasiado llevándote con mi familia, no era momento, pero me parecía una venganza justa, no pensé que te fuera a sentar tan mal (solo me falto llorar)

—Sí que ha sido comprometida, la verdad —contestó ella y me invitó a pasar.

—He traído esto para compensarte he pedido también algo de cena, la subirán sobre las nueve.

La beso.

(Algo en mí, espera una bofetada, pero no, me miró y si soltar palabra me devolvió el beso.

«El resto de noche fue mágica, como ella».

Entró como una flecha al baño, me puse cómodo mientras la esperaba y descorche la botella de cava, lo tenía todo preparado.

Salió del baño y la tenía frente a mí, espectacular, me acerco a ella y le ofrezco la copa, bebemos, nos miramos, le cojo la copa y las dejo en la mesita de noche. Vuelvo hacia ella, la miro, le coloco un mechón dorado de pelo detrás de su oreja y le beso el cuello. Coloca sus manos en mis brazos, sus ojos se cierran. Deseaba que llegara este momento, la apoyó contra la pared y la beso, nos besamos con pasión, con ganas, sus manos en mi baja espalda me atraen hacia ella, un gemido sale de su garganta, mete sus manos por mi barriga, me estremezco, me acaricia mientras me va quitando muy despacio la camiseta, me descontrola su seguridad, a la vez que me vuelve loco. Tiene un cuerpo bonito, acaricia todo mi cuerpo, me besa el hombro mientras la levanto sobre mis caderas, mis manos sujetan sus piernas mientras las suyas rodean mi cuello, nos besamos sin parar.

La dejo caer en la cama, a la vez que me coloco encima de él. Beso su pecho firme y duro, no paro, sigo bajando hasta llegar a la zona más íntima y delicada de su cuerpo. Quiero hacer que vea las estrellas, quiero que disfrute y desee repetir, lo beso, lo acaricio, juego durante unos minutos hasta que su respiración empieza acelerarse y empiezo a perder el control. La giro entera, colocándola boca abajo y, mientras acaricio su espalda, la penetro una y otra vez a un ritmo lento. Me dejo caer sobre su espalda mientras retiro su pelo y beso su nuca, se gira y yo con ella sigo encima suyo, pero esta vez cara a cara, nos besamos mientras vuelvo a penetrarla esta vez a un ritmo más acompasado no paramos de besarnos y acariciarnos, que diosa.

Llegamos los dos al orgasmo juntos y en ese preciso momento me dejo caer sobre ella, me coloca a su lado y le acaricio el pelo, le doy un ligero beso en la nariz mientras le susurro

—Me vuelves loco Sofía.

Coge las dos copas, brindamos y bebemos, siento que los dos queríamos lo mismo.

Llaman a la puerta, llega la cena.

Tras una riquísima cena, nos acurrucamos en la cama entre cojines, pone nuestra serie en netflix, donde nos quedamos en su casa, pero sintiéndolo mucho y con lo a gusto que estoy. Voy a permitirme el lujo de cerrar los ojos y continuar soñando con Sofía.

Me despierto, la observo dormir y no me puedo resistir.

Al día siguiente me desperté con mi mejor sonrisa. La noche había sido perfecta y haber podido dormir con ella después de mis paranoillas sobre las tías por culpa de mi ex me había ayudado a darme cuenta de que Sofía merece la pena. La observo mientras duerme. Dos horas después, y muy a mi pesar, cogió el avión de vuelta a Londres, pero sabía que no podía dejar así las cosas.

16.
Sorpresa

No sé cómo afrontar esto. Con Marc sé cómo están y cómo estarán las cosas, pero Rodrigo tiene algo que me imanta hacía él. Quiero conocerlo más y mejor, pero esta angustia de la distancia no sé si voy a saber llevarla, ya me angustia y llegué ayer...

Paso el día en la tienda con mamá. Me relaja muchísimo su tienda y estar con ella y me conoce mejor que nadie. No tarda en darse cuenta de que no estoy allí para pasar el rato.

—¿Estás bien, hija? —pregunta mamá sin mirarme.

—No del todo, mamá, la verdad.

—¿Puedo preguntar qué te pasa?

Mamá se mete muy poco en mis cosas. Está muy pendiente de mí, pero si no quiero contarle algo me da mi espacio porque sabe que acabaré contándoselo.

—He conocido a alguien.

—Pero eso es bueno, Sofía, hija.

—No vive aquí mamá y Marc está muy encima de mí y me sabe mal toda la situación que he creado.

—¿De dónde es?

—Vive en Ámsterdam.

—Buff... Sofía. ¿Allí es dónde has estado estos tres días?

—Sí, mamá. Siento no habértelo contado, lo siento mucho, pero necesitaba que fuera así.

—Tranquila, hija, sé que necesitas tu espacio. Pensé que ibas a Barcelona a ver a tu padre cuando me dijiste que te ibas unos días a desconectar, pero cuando vino Marc preguntando por ti es cuando deduje que había algo más.

—No estaba segura de contar nada.

—¿Ahora sí? ¿Qué te ha hecho dar el paso?

—Lo a gusto que me hace sentir. Puedo ser yo misma, hace que me divierta, no se queda sentado en el sofá esperando que le lleguen las cosas. No sé, mamá, es muy hombre.

—Muy hombre —repite mamá entre risas.

—Además de guapo, viste muy bien, siempre va impecable.

—Vale, vale, hija, lo pillo. ¿Cómo piensas tratar el tema de la distancia? No pensarás en dejar todo lo que has conseguido, ¿verdad? Sofía...

—No, mamá, eso lo tengo claro, creo. No entra en mis planes deshacerme de todo lo que he conseguido en este tiempo, pero...

—Sofía, por favor, habla con Matilda si quieres, con las chicas, medita con la almohada, pero no me hagas ninguna locura. Tú dile que si tiene que ser que sea aquí, en Londres.

—Mamá...

—No, mamá, no Sofía, que te conozco.

En ese momento entraron unas chicas para realizar unos encargos a mamá y aproveché la ocasión para huir.

—Me voy, mamá, te quiero.

—Sofía... Espero que me hayas escuchado.

Y así conseguí escapar de sus zarpas... Ji, ji, ji.

Me dirigí a casa de Macy, tiene un pisito muy acogedor. La había llamado previamente para asegurarme de que estuviera sola. Compré una caja de cruasanes de chocolate, nos encantan, no son como los de la Dori Dori, pero nos quita el gusanillo. Le conté lo mismo que a mamá y ella me dijo más de lo mismo: «Sofía, piénsate las cosas, Sofía que no lo conoces, Sofía que has conseguido mucho en poco tiempo, Sofía no corras, Sofía, Sofía, Sofía...».

Tras poco más de dos horas vuelvo a casa, tengo la mente colapsada, el estómago lleno y el WhatsApp vacío.

Me preparo un vaso de leche, cojo el libro que tengo a medias desde hace ya varias semanas y me tiro al sofá literalmente. Cuando solo llevo apenas media hora apalancada en el sofá llaman al timbre.

—¿Quién coño es ahora?

Pregunto por el interfono y no contesta nadie.

—¡Malditos niñatos! Seguro que ya están otra vez llamando y saliendo corriendo.

Vuelvo al sofá y mientras me dejo caer en él suena el timbre de arriba de la puerta de casa.

—¡Joder! —chillo molesta.

Cuando abro la puerta no podía creer lo que veían mis ojos: un ramo más grande que la anchura de mi puerta. El chico al que no se le ven ni los pies me pregunta si puede pasar a dejarlo.

—Sí, por supuesto, déjalo donde puedas.

—¿Aquí le va bien, señorita enojada?

Al escuchar ese comentario inapropiado de un desconocido me giré con el entrecejo cruzado. Seguro que me ha escuchado quejarme mientras iba abrir la puerta. « ¿Pero quién es este para decirme nada?», pensé para mí. Pero cuando me di la vuelta ahí estaba, en mi salón, con ese pedazo de ramo.

—Pero...

—Hola princesa.

—Rodrigo, pero que...

No conseguía articular palabra. No me podía creer que estuviera aquí, en mi casa, en mi salón.

—Después de que ayer te fueras sabía que no podía dejar pasar el momento. Hablé con mi madre y mi hermana y durante unos días ellas se harán cargo de mi trabajo en la medida de lo posible. Cuando pueda supervisare que esté todo en orden y organizaré las reuniones.

—¿Cuánto has pensado quedarte?

—El tiempo que me dejes quedarme.

—El tiempo que quieras, siempre que mantengas la casa ordenada. Sí, es una indirecta muy directa.

—Entendido, jefa.

Lo observaba mientras deshacía las maletas. No me podía creer que lo tuviera en mi casa, en mi cuarto, en mi baño... No iba a esperar. Me abalance sobre él y, sin darle tiempo a reaccionar, lo tiré sobre la cama, cayendo yo encima de él. Le desabroche la camisa en apenas unos segundos, veía su sonrisa en la cara, me sujetaba los muslos mientras observaba mis movimientos, desabroché el cinturón, los pantalones y me volteó, se colocó de pie y terminó él de desnudarse mientras me desnudaba a mí con su mirada. Es irresistible. Volvió hacia mí, nos besamos con efusividad. Este polvo iba a durar poco.

Iba a ser una noche muuuuuuy larga.

17.
Este es Rodrigo

Le voy a sabotear a mamá el desayuno. Era el mejor momento para presentarle a Rodrigo y no tener que entretenerme mucho rato. Los comentarios de mamá pueden ser o los más dulces o los más ariscos, así que sobre las diez de la mañana suele hacer su descanso y salir a tomar el té a la cafetería que tiene al lado de la tienda.

Y por la noche enredaré a Matilda, George y Olivia para ir a cenar a la hamburguesería de Peter, ya lo tenía todo pensado y medio controlado. Las chicas no eran un problema, anoche les mandé una foto de Rodrigo que le había hecho de extranjis mientras dormía y ya estaban como locas con la sorpresa. Lógicamente quieren conocerlo, pero con ellas es mejor una tarde de café. Las noches pueden alargarse... Así lo hago todo de una vez, es lo mejor.

—Sofía, hija, ¿qué haces aquí?

—Hola Mamá, Nadia por favor ¿me pones dos cortados? Uno descafeinado y corto de café con la leche natural y el otro normal.

Me siento con ella y con mi particular cara de «tengo algo que contarte». Mamá pregunta.

—Dos cafés. Muy bien. ¿O no has dormido nada y quieres ser una bomba de relojería o aquí falta alguien?

Rodrigo está en el baño, lo veo venir, me levanto.

—Te presento a Rodrigo, mamá.

Rodrigo se inclina hacia ella para saludarla.

—No hace falta que se levante, señora. Es un placer conocerla, Sofía habla maravillas de usted.

—Encantada de conocerte, pero por favor, no me llames de usted, soy Cintia.

—Perdona, Cintia.

Nos sentamos y mientras Nadia nos sirve los cortados veo a mamá cómo lo observa sin discreción.

—¿Y qué te trae de nuevo por aquí, Rodrigo? —pregunta mamá.

—Su hija. Después de que se fuera, me quedé muy vacío, algo en mí me decía que esos tres días tenían que ser más y aquí estoy, dispuesto a intentar enamorarla.

—Poco vas a tener que hacer —dijo mamá entre dientes.

—Disculpe, Cintia, pero no la he escuchado. ¿Puede repetirlo?

—¡Ah, tranquilo! No es nada importante.

Pero yo sí que la había escuchado y no sé qué le pasaba a mamá, no acostumbraba a ser así.

—¿Y a qué te dedicas? —continuó preguntando mamá.

—Soy arquitecto.

—Muy bien, me gusta.

—¿Te gustan las flores?

«¿Pero qué... qué clase de preguntas le está haciendo?», pensé para dentro, aunque en mi cara se podía reflejar mi asombro.

—Bueno, he regalado algún que otro ramo. Me comentó Sofía que tiene una floristería. Me encantaría visitarla.

Toma, mamá, esta respuesta no la esperabas. Mi Rodrigo, qué avispado.

—Cuando quieras, pero hoy mejor que no, tengo mucha faena, de hecho tengo que volver ya. Ha sido un placer conocerte. Sofía, cariño hablamos, te quiero.

—Hasta luego, mamá.

—Encantado, señora.

—Cintia, llámame Cintia.

—Perdón. Hasta otra, Cintia.

—Hasta otra, Rodrigo.

Ha sido raro, muy raro, a mamá no parece haberle gustado, no sé si él o la sorpresa, pero no era ella, no acostumbra a comportarse así.

—¿No ha ido tan mal, no, cariño? —pregunta Rodrigo.

—Ha ido mal, muy mal, ¿qué digo? Ha ido fatal. Conozco a mi madre y esa actitud no es habitual en ella.

—Pues a mí me ha parecido muy agradable.

—Pues no, ya te digo yo que no.

—Vaya... —dice Rodrigo con tono de asombro.

***

La noche transcurre sin sorpresas. Después de la actitud de mamá informo bien a Mati, que la cena es para presentarle a Rodrigo, no quiero más sorpresas, que al final en vez de darla yo me las están dando a mí.

Matilda es muy cómplice conmigo sabe ser la más simpática, la más amable, la más ingenua... Solo para poder exprimirlo al máximo y darme su opinión más objetiva. Eso en el mejor de los casos, pero también sabe coger el papel de la más bruja, arpía e irónica.

George es todo lo contrario. Es sencillo, amable y suele caer bien a la primera, así que es el que menos me preocupa, aunque Matilda tampoco. Me sigue preocupando la actitud de Mamá, sigo sin entender por qué ha estado tan estúpida.

Durante la cena y en uno de los momentos en los que el bar está más tranquilo me acerco a Peter. Voy a intentar sonsacarle a él la información.

—Hola Peter, ¿qué tal?

—Hola Sofía, hija.

—Oye, ¿sabes si le pasa algo a mi madre?

—¿Algo como qué?

—Esta mañana hemos desayunado con ella, le he presentado a Rodrigo, vale que sin avisar, pero hacía tiempo que no veía a mamá tan rancia con alguien. Le ha preguntado si le gustaban las flores.

—Peter me mira mientras y se le escapa una risa graciosa.

—¿Eso le ha preguntado?

Sí, y la verdad no sé por qué se ha comportado así.

—Sé que esta mañana a primera hora ha discutido con tu hermano. Creo que iba a venir unos días, pero por lo que he escuchado, a vuelto a dejar a tu madre tirada.

—¡Joder con Pablo!

—Te voy a decir algo que negaré haberlo dicho —me dice flojito.

—No me asustes, Peter.

—Le ha gustado Rodrigo y mucho, así que tranquila, la cosa no es ni contigo ni con él.

—¡Qué alivio! Muchas gracias.

Me inclino en la barra y le doy un beso y un abrazo. Peter es un solete.

De vuelta en la mesa George y Rodrigo no paran de compartir anécdotas y risas, Matilda está dando el postre a Olivia, que es un poco puñetera, y yo los observo feliz. Me gusta la estampa que veo.

* * *

Ya en casa.

—Gracias, princesa, por el día de hoy. He estado muy a gusto con tu gente.

—Me alegro mucho y que sepas que a mi madre sí que le has gustado. Me lo ha confesado Peter.

—¿Ves? Ya te dije que no había ido tan mal, cabezona.

Y una vez más los fuegos artificiales se inician en mi cuarto, nuestro cuarto por un tiempo.

Tengo una lamparita a la que le puedes poner el color que te apetezca a través de un mando a distancia, jugar con los colores no puede ser más erótico para hoy. Empezamos con el amarillo, tardamos poco en pasar por el verde y el azul, el blanco explota en nuestros cuerpos y el naranja empieza a encender la llama que dará paso al rojo, a la pasión, al desenfreno, al placer. El fuego cubre las paredes y su calor todo mi cuerpo.

18.
El día a día

Los días transcurrían con normalidad, ninguno era igual al anterior con él. Nuestra relación parecía una aventura, estábamos en lo más bonito y todo a nuestro alrededor relucía. Mi chico era una caja de sorpresas. Esa mañana me llevó a ver algunos de los edificios que él había diseñado, y tengo que reconocer que me impresionaron. Eran muy futuristas. De vuelta a casa en el metro todo eran arrumacos entre nosotros. Parecíamos quinceañeros empalagosos.

Pero de repente...

Estábamos comiendo en casa cuando el teléfono de Rodrigo sonó, descolgó y lo puso en manos libres mientras seguía comiendo. Era su madre. Siempre que llamaba acostumbraba a ponerlo en altavoz, ya que la pobre mujer habla por los codos. Estaba llorando y no se le entendía nada. Intentó calmarla, pero fue su hermana la que le quitó el teléfono y le contó a Rodrigo que su abuela Betty había cogido una neumonía, que estaba ingresada y que los médicos les habían dicho que estaba muy débil y que debían esperar.

Dejó caer el cubierto en el plato y dos lagrimones bajaban por su rostro. Cuando consiguió articular palabra...

—Cogeré el primer vuelo que me sea posible, mantenerme informado por favor.

—Vale, cualquier cambio te llamo.

Se levantó de la mesa y yo con él, nos abrazamos y le ayudé a hacer el equipaje. Se lo llevó prácticamente todo, no se sabía cuánto tiempo estaría ingresada. No articulamos palabra durante un buen rato. Imagino que necesitaba procesar la noticia. Le había caído como un jarro de agua fría, estaba pálido y desubicado.

—Túmbate un rato, voy a mirarte los vuelos.

—Solo necesito unos minutos para intentar procesar lo ocurrido, princesa. Enseguida salgo.

—Tranquilo, cariño.

En poco más de media hora ya lo tenía todo. El vuelo salía mañana a primera hora sin billete de regreso... Acabé de comer, guardé su comida en un *tupper* y recogí todo salón, cocina... Él mañana se iba a Ámsterdam y yo volvía al trabajo después de unos cuantos días de vacaciones. Me los amplié el mismo día que supe que se quedaba, quería pasar tiempo con él. Dejé el piso impecable mientras él descansaba, me asomé al cuarto y estaba dormido, lo arropé con una fina manta y le cerré la puerta.

A la mañana siguiente lo llevé al aeropuerto, nos despedimos con tristeza. Tener que separarnos por una noticia así no era lo mejor. La pobre abuela no respondía al tratamiento y la familia se temía lo peor.

—Estaré aquí para cuando me necesites —le dije mientras lo abrazaba.

—Te llamo en cuanto pueda, princesa.

—Tranquilo, tu abuela y tu familia son lo primero.

—Te quiero.

—Llámame cuando llegues —le repetí.

—Lo haré.

Me dio un dulce beso y desapareció entre la multitud de la cola de embarque.

Ha dicho «te quiero». He oído bien. Sí, me ha dicho que me quiere, pero no he sabido qué responder, ni si lo decía bajo los efectos de la tristeza o porque había empezado a quererme y, aunque me esté haciendo ilusiones y me estén quedando estupendas (como dice la vecina rubia) voy a poner los pies en la tierra, que no es momento para mis historietas.

Qué vacío noto en el piso. Y es que hacía tiempo que no convivía con nadie. En realidad en mi piso nunca había convivido con nadie, Mark se quedaba de vez en cuando, igual que yo en su casa. Íbamos y veníamos. Y, aunque habían sido pocos días, en el ambiente se notaba que falta él, así que era momento de un rescate.

Xurris ¿os venís a comer a casa? Estoy sola —Escribo en nuestro grupo de WhatsApp.

Juno está escribiendo...

Juno sigue escribiendo...

Juno está escribiendo... la Biblia.

—*Juno, que la respuesta es muy sencilla. Si, no y qué queréis comer.*

—*Capulla, que se me había quedado el móvil pillado (unos cuantos emoticonos indicando el dedo corazón).*

—*Yo sí que voy* —*contesta Juno, por fin.*

—*Y yo* —*contesta Macy*

—*Chicas yo llegaré a las dos* —*contesta Paige.*

—*¡Ay! Gracias, chicas. Pediré comida japonesa, para las crisis, ya sabéis.*

—*Vale* —*contesta Macy.*

—*Por mí estupendo* —*dice Paige*

—*Estupendo* —*contesta Juno*—. *Iré a buscarte a la clínica.*

—*OK!*

No hay novedades en mi vuelta a la clínica, Rose me cuenta que Samanta está más amargada que nunca. Se ve que el otro día tuvo una cita y vino a buscarla a la clínica un tío un tanto raro y con un calcetín de cada color. Eso es tener mala suerte. Me duró la risa toda la mañana, menudo momentazo, cómo me gustaría saber cómo salió de esa situación alguien como ella. Ser daltónico o confundir algunos tonos no es comparable a tener mal gusto para vestir. Ya le está bien de vez en cuando que se dé de morros.

Dos botellas de tinto de verano nos hemos bebido. Qué bien sientan estos ratitos entre amigas, qué necesarios son. Paige y Juno vuelven al trabajo y Macy y yo nos ponemos cómodas en el sofá. Ninguna de las dos trabaja esta tarde, así que no hay mejor plan que sofá y peli.

Suena mi móvil, debe de ser Rodrigo.

—Princesa, acabo de salir del hospital. La cosa no pinta bien, los médicos siguen intentando estabilizarla, pero con lo débil que está y la edad que tiene no ayuda. Te llamo esta noche.

—Hola, cariño. Intenta descansar lo que puedas. Van a ser días duros y tu familia te necesita fuerte. ¿Cómo está tu madre? Espero tu llamada.

—Está triste, las noticias no son esperanzadoras y mi madre ya se pone en lo peor. Estamos intentando que coma algo, pero no hay manera.

—Es normal que esté así. Dales un beso a todos de mi parte.

—Esta noche te llamo, princesa.

—Vale, un beso, cariño.

Apenas cuatro horas después los peores presagios llegaban.

Acaba de fallecer la abuela de Rodrigo.

No estaba previsto este desenlace o no queríamos pensar en él.

—Hola, princesa.

—Hola, cariño, cuánto lo siento.

—Gracias, cielo.

—¿Cómo estás? Lo imagino, pero te lo pregunto.

—Apenado por su marcha tan repentina, pero feliz porque he disfrutado de mi abuela noventa y siete años y guardo muchas anécdotas bonitas con ella.

—Me alegra oír eso. ¿Y tu madre?

—Mi madre es la que peor está, pero poco a poco.

—Tengo algo que decirte, Sofía.

¡Uy! Ese Sofía ha sonado serio.

—¿Qué pasa?

—Voy a quedarme en Ámsterdam una temporada, por lo menos hasta que vea mejor a mi madre. Yo puedo estar más pendiente de ella que mi hermana por el trabajo y no quiero dejarla sola.

—Bueno... Vale... Lo entiendo.

—Cuando todo pase volveré, si me dejas.

—Estaré aquí.
—Hablamos, princesa.
—Vale, un beso para ti y para tu familia.
—De tu parte, Sofía.

19.
Decepcionada y enfadada

Muy normal no debe ser que lleve cuatro días sin apenas saber nada de Rodrigo. Ya empieza a cabrearme. ¿No tiene cinco minutos al día para llamarme, para escribirme o simplemente enviarme un maldito audio? Le escribo cada día y sus respuestas son, «bien, sí, no, vale» y poca cosa más. Necesito más y lo necesito ya. No lo conozco mucho, es cierto, pero esta cara suya no me gusta. No se puede desaparecer o medio hacerlo a la primera de cambio o cuando surge un problema. Debo tomar medidas urgentes.

—*Hola, ¿puedo llamarte?*

—*(En línea) Ahora no es buen momento, princesa, luego hablamos.*

—Rodrigo, llevo cuatro días apenas sin saber nada de ti. Si te ocurre algo conmigo me gustaría saberlo.

(En línea) No me pasa nada.

—¿Entonces por qué esta frialdad tuya hacia a mí?

—En línea) Ahora no puedo, luego hablamos.

Conversación terminada.

«Una hora después (en línea)».

«Tres horas después (en línea)».

«Las dos de la mañana (en línea)».

Así termina el día, sin su llamada.

* * *

No había pegado ojo en toda la noche y Rose me lo notó nada más entrar por la puerta de la clínica.
—Niña, tienes muy mala cara, ¿qué te pasa?
Rose no se andaba mucho por las ramas.
—No he pegado ojo en toda la noche, Rose. Mira.
Le presté mi móvil para que pudiera leer las conversaciones de estos últimos días mientras me cambiaba de ropa, para ver si era locura mía o a ella también le daba la sensación de que estaba frío y distante conmigo.

—Niña, qué raro es todo. ¿Te ha llamado esta mañana?

—No, nada, ni mensaje, ni llamada, nada.

—Espera unas horas a ver si recapacita. Luego te busco.

—Gracias, Rose, eres un sol.

Y así terminó la mañana, en silencio.

Mi cabreo y mi decepción iban en aumento, cuando de repente escucho:

—Hola, soy Mark. ¿Está Sofía?

Rose entró desencaja a la sala donde me encontraba.

—Niña, el que faltaba, tú ex.

—Lo he escuchado y ¿sabes que te digo? Que no hay mal que por bien no venga.

—Ni se te ocurra volver a tropezar con la misma piedra, ¿me has oído?

La había oído, sí, pero no iba a escucharla. Me cambié, recogí mis cosas y salí dispuesta a aceptar lo que viniera a proponerme.

—Hola, Mark, ¿qué haces aquí?

—¿Cenamos juntos?

—Sí, vale, me parece bien —respondo sin pensar.

—¿Te recojo a las siete?

—Mejor quedamos en la cafetería de siempre, que voy a salir a hacer unas compras.

—Genial, nos vemos a las siete.

—Hasta luego.

Rose echaba humo por las orejas y los ojos.

—Hasta mañana —dije.

—Hasta mañana, Sofía —contestó Rose con tono muy enfadado.

No quise girarme, podía imaginarme su cara.

Miré el teléfono mil veces mientras pasaba la tarde de compras, había conseguido relajarme un poco, pero seguía sin entender esa actitud de Rodrigo, pero no podía hacer más de lo que había hecho. El siguiente paso tiene que ser suyo.

Ya son las seis de la tarde y un runrún en mi cabecita no me deja pensar. He recorrido el salón de punta a punta como veinte veces. No estoy convencida de mi decisión, no creo que ir a cenar con Mark sea la mejor de las ideas que he tenido en las últimas semanas, no me convence pensar que puedo acabar en la cama con él, no debo meterme en este marrón otra vez. A él le creo esperanzas y yo acabo hundida porque con quien quiero estar no está.

Decido llamarle.

—Mark, lo siento, pero creo que no es buena idea que quedemos esta noche.

—¡Joder, Sofía! Sabía que te echarías atrás en el último momento.

—Lo siento, de verdad.

—Sé sincera, estás con alguien, puedes decírmelo.

—Estoy conociendo a alguien, sí.

—Lo sabía.

—Mark, no nos habíamos prometido nada en este tiempo separados.

—Lo sé, pero confiaba en que quizás con el tiempo volveríamos a estar juntos.

—Lo siento, Mark, pero hoy por hoy no es viable. Tampoco has estado perdiendo el tiempo, así que no me vendas la moto.

—Solo han sido unos cuantos polvos.

—No me importa lo que haya sido. Aquí está el problema Mark, que no me afecta.

—Pues nada, Sofía, ya nos veremos.

Y sin tiempo a despedirme Mark colgó el teléfono.

20.
Explicaciones

$\mathcal{H}$acía poco más de una semana que Rodrigo se había marchado y en casa me sentía como un alma en pena. No podía dejar que pasaran más días sin saber qué demonios pasaba, me estaba consumiendo. Si no quiere seguir conmigo que me lo diga, si hay algo que no le ha gustado que me lo diga también, hasta si le pica el pie, pero que me diga algo.

Lo llamo.

—Hola, princesa, ahora mismo estaba pensando en ti —dice con tono de lo más tranquilo.

—¡Vaya hombre, qué casualidad! ¿Y estos diez días atrás no has pensado en mí? —le digo con tono irónico.

—Sofía, ya te dije que iba a desconectar el tiempo que necesitará.

—No, esto así no me lo dijiste, y llevo diez días que no sé qué pensar.

—¿A qué te refieres?

—A nosotros, Rodrigo.

—¿Qué pasa con nosotros?

—¿Cómo que qué pasa? ¿Tú ves normal que ni una sola llamada me has hecho? ¿Qué estoy preocupada, dolida…?

—Sofía, mis sentimientos hacia ti son los mismos o más fuertes, te echo de menos, pero necesitaba asimilarlo todo. Mi abuela, lo nuestro, mi madre, el cambio de ciudad, cómo organizar el trabajo desde otra ciudad, todo, Sofía.

—¿Y todo esto no me lo podrías haber dicho alguno de estos días?

—Yo pensaba que te lo había dicho o por lo menos que lo habías deducido.

—Hombre, conociéndote tan poco como te conozco, lo de deducir no lo veo yo tan obvio.

—Vuelvo el sábado a Londres, iba a llamarte cuando tuviera los billetes para poder concretar horario y demás. ¿Puedo volver a tu casa, princesa? —me pregunta con tono tristón.

—Estoy deseando que vuelvas.

—No te enfades y perdóname.

—Ya se me ha pasado. Solo necesitaba saber un poquito de ti.

—Cuando me fui te dije que te quería y no lo dije por decir, Sofía. Estos días sin ti han hecho que me dé cuenta de que quiero estar contigo.

Ya se me han caído las bragas al suelo.

—Yo también quiero estar contigo, pero tenemos que sentarnos y acordar términos medios para cuando nos surjan según qué situaciones saber llevarlas.

—Mañana te llamo, ¿vale?

—Vale, cariño, hasta mañana.

—Hasta mañana, princesa.

La baba, estoy que se me cae la baba. Llamaba enfadada, indignada, decepcionada y dispuesta a todo y cuelgo tonta perdía.

Tengo que llamar a las chicas para ir de compras. Necesito lencería nueva.

* * *

—Macy, por favor, ¿cómo voy a ponerme eso? No hay por dónde cogerlo.

—Serás cateta... Levanta los brazos —dice Macy muy decidida.

—Quita, anda, ya averiguo yo como va esto.

Después de varios minutos en el probador intentando averiguar cómo se ponía ese conjunto endemoniado que me habían traído decido rendirme. Esto es muy complicado para mí.

—¡Por dios! Pero esto no insinúa nada. Para esto no me pongo nada, y para quitarlo ¿cómo? Necesita manual de instrucciones.

Las chicas no podían para de reírse.

—Dejaros de lío. Solo quiero un conjunto sencillo, pero que llame su atención. Algo un poco romántico, no tan cochina.

—Vaaaale, pesada, vamos a ver qué vemos.

Cinco modelos después encuentro lo que buscaba. Esto sí le gustará a Rodrigo y el primero también. ¿A qué hombre no le gusta tanta transparencia? pero quiero seducirle, que me mire y tenga ganas de mí, que poco a poco vaya descubriendo uno a uno todos los lunares de mi cuerpo, que con cada caricia descubramos nuevas sensaciones nuevos placeres, que juntos nos dejemos llevar hacia un mundo paralelo.

Tengo mucho que hacer en casa, no quiero que note lo mal que lo he pasado y mi casa refleja eso. Sigue en la mesa la cena de anoche y puede que de anteanoche, los vasos cada uno con un poso diferente, la ropa sucia rebosa el cubo y mis sábanas hace más de una semana que no las cambio. Solo de pensarlo... Así que manos a la obra.

Tres horas después mi casa parecía otra.

Salgo a por algo que hace semanas me ronda la cabeza y es el momento de comprarla. Ahí está en el escaparate, tan bonita, con un rojo brillante espectacular, el asiento de un cálido color canela, creo que dice mi nombre. «Tranquila, pequeña, vas a ser mía». Pero un poco más lejos de la realidad, la he comprado por Wallapop. No es roja, es negra, el asiento muy cálido no es, tiene una pequeña quemadura de algún cigarro, pero es mi Vespa y tenía muchas ganas de tener una. Solo tengo que hacer el cambio de nombre, eso es todo. ¡Pobre Rodrigo! Su peor pesadilla se va a convertir en mi día a día.

21.
Rodrigo

No esperaba esa llamada, no me gustó escucharla así, me dolió saber que estaba mal por mi culpa, la entiendo, entiendo que esté molesta, me he centrado tanto en los temas que tengo aquí que apenas le he prestado atención, no ha sido mi intención, no pretendía hacerla sufrir, no he sido consciente de ello.

Han sido unas semanas difíciles. El tema de Pat me ha tenido no solo preocupado sino demasiado tiempo lejos de casa, trabajando y organizando el día a día como he podido.

Conocer a Sofía no entraba en mis planes y, después de lo fastidiado que me dejó mi ex, no creí estar preparado para conocer a nadie por el momento, y menos compartir el día a día. Pero Sofía es especial, es diferente a todo lo que he conocido hasta ahora, su nobleza, su carácter, su mirada, lo entregada que es, lo cariñosa y atenta, no podía dejarla escapar. En este barco tengo que subirme.

El fallecimiento de mi abuela ha sido como un jarro de agua fría para mí y mi familia, ha sido inesperado y muy doloroso, mamá no levanta cabeza, la semana que viene la llevaremos a un especialista para que empiece ayudarla, no debe encerrarse en sí misma.

Pero esto no ha sido todo. Tengo la intención de mudarme a Londres de forma indefinida si Sofía está dispuesta a que lo nuestro continúe. Ya he organizado el trabajo para poderlo llevar desde la distancia. Por ahora trabajamos online, por lo que no me supone ningún sacrificio el cambio. Solo cambiaría la ubicación de las reuniones, aunque mi intención es poder abrir un pequeño despacho y poder tener a mi equipo cerca. Espero que le haga ilusión, estoy nervioso por su reacción. Llego el sábado a Londres y no las tengo todas conmigo, pero quien no apuesta no gana.

Me disculpo, es lo único que puedo hacer, tiene razón y debo compensarla, así que tengo poco tiempo para preguntarle al señor Google dónde puedo llevarla para sorprenderla.

Hace veinte minutos que aterricé en el aeropuerto de Londres. Sofía no me coge el teléfono y ya debería estar aquí. Tampoco me contestó al mensaje que le envié informando de que el avión ya despegaba de Ámsterdam, ni siquiera lo ha leído. Esto no me gusta. No tengo los teléfonos ni de su madre ni de Matilda. Si en diez minutos no obtengo respuesta suya me dirigiré a su casa más preocupado de lo normal.

«Sofía, por favor, contesta».

22.

Un imprevisto

Suena el despertador. Son las ocho y media de la mañana, me levanto sonriente, contenta. Rodrigo está a punto de llegar y tengo muchas ganas de verlo. Su vuelo salía a las once por lo que a las doce y media ya debería estar aquí. Iré a buscarlo y lo traeré directo a casa. Necesito estar a solas con él, recuperar toda esta semana bajo las sábanas.

A las nueve y media me esperan las chicas para ir a desaynar, conecto mi Spotify y me meto en la ducha. Veinte minutos después y cuatro canciones desafinadas entro en la cocina, una tostadita de pavo con aguacate y mi vaso de leche con Nesquik para compensar el tentempié de después.

Me monto en mi maravillosa Vespa, la he limpiado con esmero y he conseguido ver mi reflejo en ella, por lo que ha recuperado parte de su brillo. El asiento me lo arreglan la semana que viene, manteniendo el mismo color canela que tanto me gusta.

Estoy parada en el semáforo, ya puedo verlas, solo falta Macy, que como de costumbre siempre llega tarde. Juno lleva puesta la camiseta que le regalé, le queda estupenda y Paige se ha soltado la melena.

El semáforo se pone en verde y salgo. Hay sitio en la puerta para aparcar la moto. De repente empiezo a escuchar voces y brazos en alto, no entiendo lo que dicen, el cruce es grande y no distingo nada. De repente todo se vuelve oscuro, un silencio interminable. No sé cuánto tiempo después, pero parecía haber sido eterno, se escuchan sirenas y puedo oírlas. Son Macy, Paige y Juno llorando y repitiendo mi nombre. Algo me ha pasado y no puedo moverme.

En pocos segundos muchas manos tocan mi cuerpo, los escucho hablar pero no entiendo lo que dicen, solo las oigo a ellas llorar. Siento que me meten en la ambulancia, han dejado que Paige vaya conmigo, noto cómo me aprieta la mano y me susurra al oído: «Sofí, estoy aquí, todo irá bien», pero no puedo responderle, no tengo fuerzas y me duermo.

No sé cuánto tiempo llevo dormida, ni sé exactamente qué ha pasado, solo sé que ahora escucho unas voces distintas. Un hombre habla con mi madre. ¡Mi madre!

—Su hija ha tenido mucha suerte, sufre un traumatismo craneoencefálico, está inconsciente, pero no ha dañado nada más de su cerebro. El pequeño coágulo localizado está remitiendo y no está en ninguna zona que pueda preocuparnos. Es probable que despierte en las próximas horas.

—Muchas gracias, doctor. ¿Puedo entrar a verla?

—Pueden entrar de dos en dos, pero por favor, nada de gritos e intenten tocarla lo menos posible. Tiene varias contusiones fuertes por todo el cuerpo, nada para preocuparse.

—Gracias, doctor —responde Cintia.

Escucho a mamá, Peter, Macy, Paige y Juno. Están organizando los turnos para no dejarme sola, ¡qué suerte tengo de tenerlos! Peter habla con alguien por teléfono, creo que es Pablo o quizás están informando a papá. Menudo susto deben de tener en el cuerpo.

Mamá y Peter son los primeros en entrar. Mamá no deja de llorar, me toca y besa la mano. Peter me acaricia el pelo.

—*Cariño, soy mamá. Estamos aquí contigo, te vas a poner bien, sé fuerte, mi vida.*

Me tranquiliza tenerlos cerca. Juno y Macy son las siguientes, ellas no lloran, ellas me cuentan la fiesta que vamos a montar cuando salga del hospital, mis chicas sí que saben animarme. Macy entra con alguien que no he escuchado hablar, solo oigo llanto y ese llanto es de mi Mati, me coge de la mano, apenas puede soltar palabra.

—*Te quiero, Sofi. Tienes que ponerte bien.*

Intento apretarle la mano, pero sigo sin fuerzas, necesito abrazarlos, tranquilizarlos. ¡Qué situación tan extraña! Quiero hablarles, tocarles, pero no puedo sigo cansada, me duele la cabeza y me vuelvo a dormir.

Una luz me despierta, de repente muchas voces y movimiento.

—Por favor, señora, salga de la habitación hasta nuevo aviso.

Oigo a mamá cómo sale de la habitación chillando que he despertado.

Los médicos me hablan, están mirando mi cuerpo, mis reflejos, linterna en los ojos, oídos…, golpecito en la rodilla y toma patada.

—Sofía, ¿puedes escucharnos? ¿Sofía?

—Sí, sí, os he estado escuchando en todo momento.

—¿Sientes esto? —Otro golpecito en la rodilla—. ¿Y esto? —Ahora en la otra rodilla—.

—Sí, lo siento.

—¿Te duele la cabeza?

Un poco sí.

—Vale, Sofía, has sufrido un accidente de moto. Un vehículo de grandes cilindradas se saltó el semáforo con la mala suerte que tú pasabas en ese momento. Has sufrido múltiples contusiones por todo tu cuerpo que curarán sin problema y un traumatismo craneoencefálico leve. El coágulo se está absorbiendo sin problemas, por lo que no hará falta intervención quirúrgica. Intenta descansar todo lo que puedas y evita muchas visitas para que puedas estar lo más tranquila posible.

—Muchas gracias, doctora.

—De nada, pasaré antes de que termine mi turno. Si necesitas cualquier cosa llamas aquí.

—Muy bien, gracias otra vez.

Ya pueden pasar, pero por favor, intenten que esté lo más tranquila posible —escucho decir a la doctora.

—Sí, doctora, la cuidaremos —contesta mamá.

Están todos dentro, con caras cansadas, de emoción, de tristeza, de haber llorado…, pero están aquí a mi lado.

—¿Cómo estás, hija?

Hola, mamá. Me duele la cabeza y estoy cansada, pero feliz de veros. ¿Puedes abrazarme?

—Claro que sí, hija. ¡Qué miedo he pasado! Tu padre y tu hermano cogen el primer vuelo que salga para verte.

—¿Podéis acercaros todos a la cama? Quiero deciros algo. Gracias, gracias y millones de gracias por haber estado a mi lado desde el minuto uno. Intentaba daros alguna señal de que todo iría bien, pero ha sido extraño. Podía escuchar todo lo que hablabais, pero no podía hacer nada.

—No nos tienes que dar las gracias, Sofía. Te queremos y somos tu familia.

—Matilda, necesito que me hagas un favor.

—Faltaría más, ¿qué necesitas?

—Que cojas mi móvil y por favor llames a Rodrigo. Tenía que ir a buscarlo al aeropuerto y estará preocupado.

—Tranquila, Sofía, eso está solucionado. Rodrigo al ver que no aparecías y no poder contactar con nadie de nosotros se dirigió a tu casa y cuando llamé a George para contarle lo ocurrido enseguida dejó a Olivia con su madre y vino para aquí. Por el camino vio a Rodrigo con las maletas dirección a tu casa, así que le ha contado lo ocurrido y están de camino.

—Muchas gracias, Mati, ¡qué haría yo sin vosotras!

—Ahora a descansar y coger fuerzas para volver a casa lo antes posible. Le hago pasar cuando llegue.

—Sí, por favor.

Cuando escuché la puerta abrirse un hormigueo recorrió todo mi cuerpo, necesitaba que fuera él. Y así fue. De puntillas, así lo vi aparecer por los pies de la cama, despeinado, pálido y con los ojos tristes.

—Princesa.

—Cariño.

—¿Cómo estás? ¡Qué susto me has dado! Sabía que algo pasaba cuando no te vi aparecer por el aeropuerto.

—Lo siento.

—¿Que lo sientes? Sofía, cariño, has sufrido un accidente, no tienes nada por lo que disculparte. Ya estoy aquí a tu lado y no pienso moverme.

—En mi bolso están las llaves de mi casa. Cógelas para que puedas ir.

—Puedo quedarme en un hotel mientras estés en el hospital.

—No digas tonterías. Te irás a casa. Mientras estés aquí también será tu casa.

—¿Puedo besarte? —pregunta flojito.

—Por favor, bésame y no dejes de hacerlo hasta que se vaya el sol.

—¡Qué miedo he pasado, princesa!

—Tranquilo, ya ha pasado. Seguro que en pocos días puedo irme a casa.

—Por cierto, no me habías mencionado que te habías comprado la Vespa.

—Quería darte una sorpresa y mira qué sorpresón.

—Desde luego que ha sido una sorpresa.

—Descansa, cariño, tu madre quiere entrar. Iré a comer algo.

—Vale, recuerda coger las llaves.

—Sí, te quiero, princesa.

Todos tienen aspecto cansado, pero nadie se quiere ir a su casa hasta que pase el médico sobre las ocho y les confirme que todo sigue bien. El dolor de cabeza remite, he podido comerme una madalena y beberme un zumo insípido. Imagino que esto es señal de que la evolución es favorable, pero los entiendo, yo tampoco me hubiera separado de ninguno de ellos.

Mark es el único que no ha venido a visitarme, pero me consta que ha contactado con Matilda. Creo que ha decidido guardar distancia, lo respeto.

23.
Rodrigo

Con esta chica me temo que no voy a ganar para disgustos. Llevo media hora en el aeropuerto y ni rastro de ella empieza a no gustarme y voy a necesitar que sí o sí me facilite el teléfono de su madre o de cualquiera de sus amigas para estos casos de incertidumbre.

Cojo un taxi, me enseñó a llegar a su casa en metro desde el aeropuerto, pero no puedo pensar. Voy de camino a su casa sin saber bien bien qué haré cuando llegué, si estará o no, o si le ha pasado algo. Desde el taxi puedo ver cómo la floristería de su madre está cerrada. Hay un cartel que no consigo leer, algo ha pasado, esto confirma mis peores presagios.

En la puerta de su casa, y habiendo comprobado que efectivamente no había nadie, me siento en el portal e intento pensar qué hacer. Ni siquiera sé sus apellidos para poder llamar a los hospitales o incluso a Comisaría. Pruebo a llamarla de nuevo, nada, móvil apagado o fuera de cobertura.

Un coche se detiene justo delante de mí. Es George, el marido de su amiga Matilda.

—Hola, tío. Gracias a dios que veo una cara conocida. Busco a Sofía, pero tengo el presentimiento de que algo ha pasado y no sé cómo dar con ella. ¿Puedes ayudarme?

—Mete las maletas en el maletero y sube al coche, por favor.

Su expresión era triste, sería, y su tono de voz apagado. Meto las maletas en el maletero y entro en el coche.

—¿Le ha pasado algo a Sofía?

—Ha sufrido un accidente de moto.

—¿Moto?

—Si se la compró hace apenas unos días. Había quedado con las chicas en el bar de siempre cuando un loco se ha saltado el semáforo en rojo, llevándose a Sofía por delante.

—¿CÓMO? ¿ESTÁ BIEN?

—Matilda me acaba de llamar. Los médicos dicen que es menos de lo que le podría haber pasado, que se recuperará en unos días, que necesita descansar y sobre todo mucha tranquilidad.

No podía creer lo que estaba escuchando, mi Sofía mi pequeña e indefensa Sofía.

—Necesito verla.

—Es adonde nos dirigimos.

Estaba nervioso y ansioso a la misma vez, no paraba de pasarme la mano por el pelo, tenía más calor de la cuenta, me sudaban las manos y tenía una bola en la garganta. Ni siquiera esperé a que llegara el ascensor, en los hospitales acostumbra a pararse en todas las plantas y estaba demasiado nervioso para permitir eso. Empecé a subir escaleras arriba lo más rápido que pude.

George era incapaz de seguirme el ritmo, yo creo que era la adrenalina que me empujaba, pero en la planta seis las piernas empezaban a temblarme fruto de la velocidad y de lo poco que quedaba para verla, me estaba entrando el miedo. Aflojé el ritmo para poder coger aire antes de entrar, saqué una botella de agua de la máquina de esa misma planta y pregunté a la primera enfermera que me encontré por la habitación de Sofía. Mientras consultaba en sus hojas el número de habitación pude ver a lo lejos a su familia y amigas.

Camine lento, observando sus caras, sus gestos. Matilda me abrazó después de hacerlo con su marido, me tranquilizó diciéndome que ya había despertado y que estaba descansando, pero que podía pasar, que me estaba esperando. Saludé a todos los que estaban presentes y me coloqué delante de la puerta sujetando el pomo, abrí muy despacio, no quería despertarla si estaba descansando, así que entre de puntillas cerrando con mucho cuidado la puerta a mis espaldas. Pero Matilda no mentía, me estaba esperando, estaba en la cama, magullada, pálida y cansada, pero para mí seguía igual de preciosa.

—Princesa —le dije.

—Hola cariño.

—¿Cómo estás? ¡Qué susto me has dado! Sabía que algo pasaba cuando no te vi aparecer por el aeropuerto.

—Lo siento.

—¿Que lo sientes? Sofía, cariño, has sufrido un accidente, no tienes nada por lo que disculparte, ya estoy aquí a tu lado y no pienso moverme. Te quiero, princesa.

24.
Juntos

$\mathcal{H}$an pasado cuatro semanas del accidente y me siento bien. Aún me queda algún que otro hematoma por el cuerpo, pero que se irán reabsorbiendo solos poco a poco. Del coagulo ni rastro, eso es bueno. De todas formas me tienen muy controlada y en pocas semanas se asegurarán de ello.

Rodrigo ha estado todo el tiempo a mi lado, igual que mi familia y las chicas. Papá y Pablo estuvieron cuatro días a mi lado. Por temas laborales y mi buena y pronta recuperación decidieron reincorporarse antes y guardarse los días para volver en breve. De alguna manera quiero compensarles todo este tiempo, todo lo que han hecho por mí y el susto tan grande que sé que aún les dura. Empezaré por Rodrigo. No ha viajado más allá de Ámsterdam e Inglaterra, por lo que nos vendrá bien irnos unos días juntos a la playa y que pueda conocer otra parte de mí, en Barcelona.

Tengo el permiso de los médicos para viajar, solo tengo que intentar no desmadrarme, no saltar de acantilados, no beber hasta el coma etílico... Menos mal que no llego a esos extremos, así que solo tengo que procurar descansar.

El vuelo sale mañana y las maletas las tengo preparadas desde ayer, nos quedaremos en casa de papá. A papá le gusta Rodrigo, pudieron conversar estos cuatro días en el hospital, sé que comieron un par de días juntos, y por teléfono ya me lo había hecho saber. Está contento por nuestra visita, este último año, entre unas cosas y otras, nos hemos visto menos de lo que nos hubiera gustado, pero tenemos mucha complicidad y comunicación, por lo que nos entendemos a la perfección.

Acabamos de aterrizar en Barcelona y papá nos está esperando con una sonrisa de oreja a oreja. Lleva una bolsita marrón de la panadería de debajo de su casa y sospecho lo que puede ser y cuanto las he echado de menos. Me encantan las empanadas de atún.

—Dime que es una empanada de atún —le digo, mientras salto a sus brazos.

—Una no, dos —responde mientras me devuelve el abrazo.

—Hola, Rodrigo, ¿qué tal el viaje? —pregunta papá.

—Muy bien, ha sido rápido y sin turbulencias. Tenía muchas ganas de llegar, Sofía no para de hablar de Barcelona y de usted.

—Háblame de tú, por favor, que aún estoy en la flor de la vida.

—Además de verdad —le digo—. Tiene más aguante que tú y yo juntos.

Lo observo apoyada en el marco de la puerta de mi habitación mientras deshace la maleta, soy dada a ello. No puedo creer lo a gusto que estoy. Es la primera vez que meto a un chico en casa de mi padre y ello hace que lo mire con otros ojos. ¿Esto es real? Es delicado, meticuloso, ordenado, limpio, respetuoso, romántico, atrevido, con carácter, una personalidad arrolladora, muy trabajador... es un popurrí perfecto. Sin dejar de hacer lo que está haciendo me mira, me dedica una sonrisa muy, pero que muy sexi que me obliga acercarme a él y a besarle sin soltar el aire.

«Creo que me quiero casar con él y tener hijos, muchos hijos y mascotas, y una casa con piscina, porche, moqueta, armarios empotrados, una cocina con isleta en medio, unas escaleras que bajen al sótano donde haya una sala enorme de estar, con mesa de billar, futbolín y una habitación de matrimonio de las que cabe un sofá, una tele de muchas muchas pulgadas, un colgador de ropa de pie una butaca que se balancea, pero moderna, una cama de matrimonio extra grande, una cómoda llena de cajones de punta a punta de la pared y unos ventanales desde los que se pueda ver el maravilloso jardín verde donde se respire aire puro, con una piscina enorme, una barbacoa que siempre esté limpia, un sofá balancín donde siempre darse el primer beso...».

«¡Cuántas veces habré visto el programa de La casa de tus sueños!».

Volviendo de mi particular viaje de los sueños, preparo la bolsa para hacerle pasar un día diferente, un día que para muchos es habitual pero en este caso para Rodrigo no lo es. Nos vamos a pasar el día a la playa.

Una hora, solo llevamos una hora en la playa y Rodrigo no sabe dónde meterse. Tiene sed y bebe, tiene calor y se refresca, le molesta lo aceitoso que es el *spray* solar, que la arena se le pegue por todas partes, que la toalla se llene de arena y tener que estar sacudiéndola cada dos por tres porque los niños, como es normal, pasan corriendo.

Empiezo a pensar que no es el mejor plan para hacer con él. Pero me rio, lo observo en la orilla, resoplando, intentando limpiarse las manos de arena con el agua mientras viene una ola, lo empapa y le vuelve a dejar arena en la mano. Parece nuevo, los críos de su alrededor lo miran y puedo ver cómo se están riendo y no es para menos.

—Sofía, cariño, esto...

—¿Nos vamos a comer? —pregunto sin dejarle terminar la frase.

—Sí, sí, vamos.

¡Qué alivio debe sentir! Sale de la arena casi corriendo, no porque queme sino porque creo que no le gusta mucho. Plan fracasado, menos mal que hay más cosas para hacer, si no necesitaría que la tierra, o mira mejor, la arena de la playa me tragara.

Lo llevo a un chiringuito que me recomendaron hace mucho tiempo y nunca llegué a ir. Hacen espetos en la playa y unas paellas riquísimas. Sé que los espetos no los ha probado y paellas así de ricas... Lo dudo.

Vamos con papá y su nueva chica. Cruela pasó a la historia y qué alivio.

Francisca es muy resultona, con unas curvas de mujer que llaman la atención, alta, rubia, sexi, atrevida, dicharachera y muy muy divertida. Es sencilla y muy sincera. Me gusta para papá, lo veo relajado y muy sonriente, al fin y al cabo es lo que me importa.

El resto de días que estuvimos en Barcelona, Rodrigo hizo un gran esfuerzo y poco a poco se fue acostumbrando a la playa. Tampoco fuimos todos los días, pobre, pero algo sí consiguió y es relajarse un poco. Recorrimos Barcelona centro, pero tampoco nos dio tiempo a mucho a más. El trabajo nos llamaba y la escapada «romántica» se terminaba.

Todo, por poco que fuera, nos unía aún más.

Algo que si me había molestado es tanta conversación privada con mi padre. Aunque a uno u otro acabaría sacándole la información.

25.
El Ayuntamiento, 2

¡Joder! Se había tomado muy en serio mi broma de hace unos cuantos meses.

Eran las fiestas de su pueblo, era el último fin de semana del mes y había insistido mucho en que fuéramos, aprovechando los días que se había cogido para estar más tiempo juntos. Yo seguía de baja, así que fuimos. Su familia estaba un poco más activa que otras veces, un tanto histéricos. Debían de ser unas fiestas increíbles porque en estos meses nunca los había visto igual. Eso o que ya habían inclinado el codo.

Se habían juntado toda su familia y amigos. El pueblo entero estaba en la plaza del Ayuntamiento una pantalla gigante situada enfrente y una fuente de colores que nunca antes había visto en funcionamiento.

Rodrigo me había dicho que podríamos ver el pregón de las fiestas desde casi el mismo balcón, que había conseguido que nos dejaran entrar al Ayuntamiento durante ese acto. Yo no estaba muy emocionada, la verdad. Prefería ir a comerme un enorme algodón de azúcar, pero si a él le hacía tanta ilusión pues no había mucho más que decir.

La alcaldesa dio paso a la estrella del pregón de ese año Frank Rijkaard, exjugador de fútbol. Terminó su trayectoria en el Ajax de Ámsterdam y fue entrenador de equipos entre otros como el Barça. ¡Ay mi madre cuando se lo cuente! Ahora sí me satisfacía estar aquí.

Tras haber dado comienzo a las fiestas, la pantalla gigante de repente se iluminó. Rodrigo me coge la mano y me empuja literalmente hacia fuera del balcón. La pantalla conecta con Londres y Barcelona, toda mi familia y amigos aparecen en ella. ¿Pero qué...? ¿Rodrigo...? Cuando giro la cabeza para que me explicara qué estaba pasando, Rodrigo estaba arrodillado a mi lado. ¡No me lo puedo creer! Toda la gente empezó a gritar: « ¡Dile que sí! ¡Dile que sí! ¡Dile que sí!». Miré a la gente, intenté buscar entre la multitud a su familia, pero fue imposible. Mamá, Matilda, Macy, Paige y Juno lloraban a través de la pantalla, solo conseguía leerles los labios: « ¡Qué bonito, hija!», decía mamá entre lágrimas. Papá no reaccionaba y yo menos. La alcaldesa le cedió el micrófono a Rodrigo.

—Sofía, sé que ahora mismo quieres matarme, pero un día bromeaste con esta posibilidad y desde entonces no he dejado de pensar en ella. El accidente me hizo pensar mucho. Te quiero, Sofía, y este era el momento perfecto y, aunque no podían estar todos aquí arropándonos, de alguna forma he querido que fueran partícipes.

¡SOFÍA, soy el hombre más feliz de la tierra a tu lado! Eres única y especial. Por eso quiero pasar el resto de mi vida contigo, si me lo permites.

SOFÍA, CARIÑO, ¿QUIERES CASARTE CONMIGO?

Un nudo en la garganta se apoderó de mi voz. No creo mucho en el matrimonio o nunca me lo había planteado como tal. Pienso que es un papel firmado que puede llegar a implicar más problemas que otra cosa, pero a la vez es una muestra de amor y una fiesta de felicidad.

Su mano sigue en el aire esperando que coja el micrófono para darle una respuesta. Muy despacio, y con cara aún de asombro lo cojo y con un hilo de voz tímido digo:

—¡SÍ! Quiero casarme contigo, cariño.

En ese preciso momento la plaza empezó a saltar a gritar: «¡Viva los novios! ¡Vivaaaa!» La música empezó a sonar y así daban comienzo las fiestas de este pueblo y mi particular fiesta.

Una vez dentro de la sala abracé a Rodrigo con fuerza. Era el acto más romántico y emocionante que jamás me habían hecho. No podía creer que ese momento fuera para mí.

Cuando salimos a la calle su familia nos abrazaba y felicitaba. Ahora entiendo tanta euforia, estaban todos en el ajo. Mamá me llamó, estaba con las chicas y todas estaban emocionadas.

—¡Enhorabuena, hija! ¡Qué bonito ha sido! ¡Cuánto me alegro! Te lo mereces, cariño. Dale un abrazo fuerte a Rodrigo —me dijo mamá.

—¡SOFÍIIIIIIIA, joder! Aún tengo la piel de gallina. Olivia ya me está diciendo que si va a poder llevar vestido de princesa. Estamos como locas con la noticia. Te quiero, *xurry*.

—*Xurry*, nosotras vamos organizando la despedidita —gritan mis tres petardas.

—Gracias chicas, no me esperaba esto para nada. Ha sido increíble. El lunes nos vemos. Os quiero.

—¡Disfruta! —dijo mamá.

—Hija, ¡cuánto me alegro! ¡Qué romántico es este tío! Voy a ir sacando el esmoquin del armario —dijo papá, emocionado.

—No corras tanto, papá, que hay mucho que decidir.

—Yo lo saco por si acaso. Os veo en breve, hija. Te quiero pequeñaja.

—Y yo, papá. Gracias.

Con lo tranquila que yo estaba...

***

Su casa hacía semanas que tenía mi esencia, todo estaba en orden y limpio.

Rodrigo me pidió que no entrará al cuarto en unos minutos. Aproveché para ir al baño, asearme... No hace falta que me pellizque los mofletes para darme un poco de color, aún me duraban colorados después de la vergüenza que había pasado en ese balcón y delante de tantísima gente. Estaba perfecta, mis ojos brillaban y mi cuerpo lo deseaba.

La puerta se abre y suena una canción: «Y ya no puedo olvidarte, puede que mañana sea tarde...». Creo que la voz es de David Bisbal, qué bien canta el jodio y qué romántico suena.

—Princesa, cuando quieras nos convertimos en uno.

Me derrito, no de calor, me derriten sus palabras, me derrite su ternura, me derrite su romanticismo, me derrite cómo me toca, cómo me besa, me derrite todo él. Estoy locamente enamorada.

Entro muy despacio, no lo veo, pero sí lo siento, está detrás de mí. Acaricia mi pelo, mi cuello, mis ojos empiezan a entrecerrarse, con él pierdo el norte, el sur, el este y el oeste, tampoco tengo intención de encontrarme, sus manos, sus besos, su cuerpo... ¿En qué planeta estoy?

26.
Ellas...

Desde el minuto cero que se enteraron que me casaba, bueno, más bien que vieron la multitudinaria pedida de mano, ya estaban organizando la despedida, sin fecha de boda y sin preguntar. ¡Qué más da! Nuestra amiga se casa y hay que celebrarlo. ¿Su lema y nombre de WhatsApp? ¡NOS VAMOS DE DESPEDIDA! Así de locas y motivadas ellas. Las locas del coño, como yo las llamo.

No me preocupaba eran las mejores organizando fiestas, sus desmadres eran divertidos y lo más importante nunca faltaba ni alcohol ni risas, todo en su justa medida. Si una vomitaba el resto parábamos hasta que se recuperara y vuelta a la fiesta. Así de unidas estábamos. Me meo de la risa recordando algunos momentos. ¡Vaya cuatro fantásticas! Tres rubias de bote con chochete morenote y una morena con tetorras, así somos, sencillas como la vida misma.

Lógicamente, a la fiesta se unía mamá, Matilda, las dos famosas mamis del parque que necesitan un meneíto de vez en cuando, mi compañera de trabajo Rose, que necesita airearse un poco de su hija adolescente y desinhibida, la madre de Rodrigo, Sophie y su hermana Charlotte, Juno, Macy y Paige, que eran las organizadoras, y yo, obvio. Pero me tenían un sorpreson más, trajeron a mi amiga Jess y se lo agradecí infinito, ya que es una misión casi imposible, ya que su trabajo la tiene continuamente viajando por el mundo. Es ingeniera la tía, casi nada. Solo la conoce mamá, por eso estoy tan agradecida a las chicas que hayan pensado en ella.

Ya estábamos las once. Y si os cuento cómo me llevan vestida las muy putas... De mierda de WhatsApp ¿El emoticono marroncito con forma de caquita? Pues así de mona voy. Tiene ojos y todo para que sea aún más gracioso... pero no sé si reír, llorar o estamparlas a todas.

En fin...

El salón era espectacular, enorme, con unas lámparas que caían de lo alto del techo gigantes, un escenario impresionante, una alfombra roja donde imagino desfilará algún rabo andante, pensando en nosotras, claro está. No éramos las únicas que celebrábamos algo, estaba lleno de mesas enormes, una de despedida de solteros, una de despedida de casados (vamos, que se ha quitado un peso de encima cuando lo celebra), un dieciocho cumpleaños, otra de los treinta, otra de fin de carrera. En fin, cada loco con su fiesta, pero todos con la misma intención, disfrutar.

Nos sentaron en una mesa redonda justo en el centro de la sala, el sitio más discreto que había vamos. Estaba claro que los organizadores estaban encantados con mis organizadoras, por eso el sitio. Si el grupo era de chicas los organizadores eran chicos y si el grupo era de chicos lo organizaban chicas, vamos, pero que si el grupo era de *gays* pues lo mismo. La cuestión era estar todos contentos y vaya que si lo estábamos...

Las luces se apagaron y dio comienzo el espectáculo. Gritos, aplausos, silbidos, servilletas al aire, música a toda hostia y un desfile de camareras guapísimas con botellas de vino y cava. Detrás de ellas los camareros guapísimos con unos suculentos pica pica en sus bandejas. El juego de luces no dejaba ver con claridad, lo que le daba más emoción al momento. De repente los camareros y camareras pararon alrededor de las mesas, la música aflojó y las luces se encendieron. En ese preciso momento empezaron a servir las bebidas y las bandejas. ¡Qué cantidad de suculentos canapés!

La noche no podía empezar mejor, las observaba a todas y estaban radiantes de felicidad. ¡Cuánta risa y cuánta complicidad entre mesas! Compartimos muchas risas con la mesa de al lado, era la de despedida de casada, unas cincuentonas muy cachondas.

De repente las luces volvieron apagarse y daba comienzo el segundo desfile de camareros y camareras. Ellas volvían con las bebidas y ellos con unas suculentas brochetas de pollo y verduritas. Mismo proceso, los camareros y camareras parados alrededor de las mesas, la música afloja y las luces se encienden. ¡Que empiece el festín!

El postre fue el pistoletazo de salida para la locura. Nos juntaron a los pies del escenario al protagonista de cada mesa o sea, yo de la mía, con toda mi vergüenza. Luces apagadas, música bien regetonera que retumbaba hasta el tímpano y una tarta enorme de dos metros por lo menos. ¡Ay, madre mía, que esa tarta dudo que se coma! Efectivamente. ¿Cómo se iba a comer? Era puro cartón y ¡tachán! Un tío y una tía con antifaz salen de ella, esas caras me sonaban, poco tardé en darme cuenta de que ella era la rubia que nos había servido el cava y él, el moreno de las cincuentonas.

Y así estaba la cincuentona, a mi lado chillando como a una loca. Mientras ella babeaba por su culo yo aproveché para camuflarme y que no me viera, pero ni de coña, mis queridísimas amigas, por llamarlas de alguna manera, rápidamente le hizo saber que pretendía huir, y a por mí que vino. *Meneo paquí, meneo pallá*, y se acabó.

Me senté, mareada perdida y con el traje de mierda del revés casi, que saque a otra y corriendo salió Macy a enseñarle cuatro cosas al muchacho ¡y vaya que si se las enseñó! O más bien el a ella. Desaparecieron los dos dentro de la tarta y apareció ella media hora después con los ojos como platos. Bien lo había pasado. Eso estaba claro... Entre tarta, café y chupitos me hicieron varios regalos, entre ellos un camisón lencero para la noche de bodas precioso.

Retiraron las mesas y dio comienzo la disco. Ya estábamos algunas sin zapatos, con un puntico de alcohol divertido y saltando y bailando como locas.

Llegamos a casa todas a una, ninguna se había quedado por el camino. Yo estaba agotada, pero feliz, había sido una de las mejores noches de mi vida, me dolía la boca de tanto reír y los pies de tanto bailar.

27.
The end

Apenas unos pocos meses han pasado desde aquel maravilloso día en el balcón del Ayuntamiento y aquí estamos todos, en Barcelona, en mi ciudad, donde nací y me crié hasta los casi treinta años. Después de unos cuantos años viviendo en Londres está ha sido la ciudad elegida por los dos para celebrar este maravilloso y mágico día.

La familia de Rodrigo es pequeña y encantadora, por lo que no han puesto ni un solo impedimento en que nuestro enlace se celebrará en mi ciudad natal. Nuestra residencia fija seguirá siendo Londres. Allí somos muy felices y él ha podido adaptar su trabajo y su vida a la mía. No es algo que yo le haya pedido, pero después de todo lo vivido él también se ha quedado enamorado de esa ciudad.

Es la boda íntima, romántica y sencilla que siempre habíamos hablado. La playa ha sido el lugar escogido por nosotros. Queríamos aprovechar el clima de Barcelona y que nuestros familiares que no están acostumbrados también pudieran disfrutar del lugar. Es la boda con la que he soñado desde que lo conocí, es perfecta para nosotros y es perfecto poder tener a toda la familia junta. Mamá, Peter, Matilda, George, Olivia, Macy, Juno y Paige, todos han viajado hasta Barcelona para compartir juntos tanta felicidad.

Papá está histérico, ha querido ensayar nuestra entrada como tres veces, no quiere que nada salga mal, soy su única hija y la niña de sus ojos. ¡Qué feliz me hace observarlo emocionado!

La ceremonia no podía transcurrir mejor, el tiempo acompaña y la gente aún más, Rodrigo está guapísimo, con un traje de lino blanco que le queda como un guante. Mi vestido es largo con pocos centímetros de cola y con mucho encaje, la espalda descubierta y el escote en forma de corazón, cómodo y sencillo.

En el momento del sí quiero, el subconsciente actuó por sí solo, sus manos se adelantaron a la orden de su cerebro. Sin darme cuenta estaban donde tantas veces había imaginado, donde las caricias encendían el fuego de todo mi cuerpo. Donde mi mente era capaz de trasladarse a otro lugar. Me estaba dejando llevar por el placer de tenerlo junto a mí.

Sus manos, apoyadas en la parte baja de mi espalda. Me acaricia sin dejar de besarme, es una sensación de descontrol... a la vez que romántico. Había silencio, solo nosotros bajo un cielo azul.

Caminamos hacia el final de la alfombra blanca, entre una lluvia de pétalos amarillos. Todo es diferente, es especial, es muy nuestro.

Y como en todas las bodas, siempre están los que se quejan de la comida y como nosotros queremos que todo el mundo se sienta cómodo y coma lo que le apetezca, hemos puesto un bufet libre espectacular para que cada uno llene el buche a su antojo, barra libre de toda clase de bebidas y una maravillosa tarta de cinco sabores, frambuesa, nata, limón, coco y naranja, adornada con virutas de chocolate blanco y negro. Deliciosa.

Y no podía faltar música y baile hasta que el cuerpo aguante.

Una caja enorme llega sobre un camión. Es para mí. El chico de la grúa, al ver mi atuendo y lo perfecto que llevaba el pelo, se ofreció para abrirla.

—Gracias —le dije, nerviosa.

Después de unos cuantos clavos, las cuatro maderas se abrieron, cayendo al suelo y dejando a mi vista y a la de todos un preciosa Vespa roja como la que alquilé el día que fui a Ámsterdam. No me lo podía creer, había cumplido su promesa: «Solo tengo un objetivo Sofía y es que te cases conmigo, te convenceré y cuando lo haga te regalaré la misma Vespa de cuando viniste a verme», me dijo meses antes. Se acordaba. Con lágrimas en los ojos la observé, la acaricié. Era perfecta, él era perfecto.

Si pudiera parar el tiempo hoy sería el día. Aquí y ahora está todo lo que necesito, ni más ni menos y a la espera de que en unos meses llegue nuestr@ pequeñ@.

Por fin llegó la noche que tanto deseábamos y habíamos imaginado. Es una noche distinta a todas. La cama de la habitación era enorme, yo creo que medía más de dos metros, ¡cómo mola! Ya me estaba viendo haciendo la croqueta con Rodrigo, estaba deseando que me tocara, que me transmitiera esa tranquilidad que transmite. Había sido un día precioso, pero también había pasado muchos nervios y solo él era capaz de relajarme con sus besos y caricias.

Pero habíamos bebido un poquito más de la cuenta, ¡qué coño! Habíamos bebido bastante, por algo era nuestro día, y esta tranquilidad duró poco en cuanto me vio salir con mi espectacular camisón de noche de bodas. Solo me dio tiempo a susurrarle: «Hola». Se abalanzó sobre mí y empezó a comerme a besos como si esa noche por alguna razón fuese a ser la última, pero en realidad era la primera de algo nuevo. Me encantaba, cada día me gustaba más, cómo sujetaba mi cara, cómo acariciaba mi pelo, cómo rozaba mis pechos con su lengua. No pude contenerme y le arranque la camisa, literal, se la arranqué, siempre lo había visto en las pelis y sentía curiosidad por ver volar todos los botones de la camisa y dejar al descubierto su fornido pecho y me salió bien. ¡Joder que si me salió bien! Como que esa camisa ya no tenía arreglo.

Mientras acariciaba su pecho él deslizaba los tirantes del camisón por mis hombros, empezó a besar uno a unos todos los lunares que indicaban el camino desde mi cuello hasta mi monte de Venus. No le dejé recrearse mucho o me correría en dos segundos, así que lo deslice hacía arriba, me subí encima suyo y cabalgué durante unos minutos hasta que me tiró a la cama. Me pareció hasta gracioso verme volando por los aires mientras él me miraba con cara de depredador. ¡Joder, cómo me ponía su mirada!

Epílogo

Las cosas no suelen salir como se planean, los sentimientos no siempre somos capaces de controlarlos, ni siquiera los tiempos, la vida pasa a la velocidad de la luz. Pero lo que sí he aprendido en todo este proceso, es que dejándome llevar por lo que creo y siento que es lo mejor para mí, sí puedo acercarme un poquito más a mis sueños a mis metas a mis objetivos.

He cumplido mi sueño de ser y ejercer como veterinaria y me apasiona cada día más.

Estoy en una ciudad que día a día me muestra lugares maravillosos.

He conocido el amor y no solo una vez sino dos maravillosas veces y, aunque la primera vez no resultó ser como yo había imaginado, ¿por que la segunda no puede ser perfecta?

Tengo una hija preciosa, un marido que nos adora un trabajo que me apasiona y una familia inmejorable. No puedo pedir más.

Gracias a la vida por tanto.

Ahora todo encaja...

Agradecimientos

A mi hijo, por ser mi gran aventura.

A mi marido y familia, siempre.

A mis dos estrellas por guiarme.

A todos los que habéis estado y seguís estando.

A los seguidores de Instagram (@sofiaenlondres) y Facebook (Steffygea), por haberme ofrecido la ayuda necesaria para que Sofía llegue a los corazones de más gente.

A las maravillosas blogueras que han reseñado Sofía en Londres con tanto cariño y respeto. Espero y deseo que sigan haciéndolo.

A mi lectora beta (mi rubia), por estar siempre en tiempo récord.

A @Crys_rg por ser mi salvavidas.

A Nerea Pérez de @imagina_dd por la fantástica portada e impecable maquetación.

Millones de gracias a todos.

Londres

Barcelona

Ámsterdam

Sofía en Londres

¿Y tú de dónde sales?

Steffy Gea

www.ingramcontent.com/pod-product-compliance
Lightning Source LLC
Chambersburg PA
CBHW050918220726
PP18604600001B/11